JN037790

ギリシアに囚われた花嫁

ナタリー・リバース 作

加藤由紀 訳

ハーレクイン・ロマンス

東京・ロンドン・トロント・パリ・ニューヨーク・アムステルダム
ハンブルク・ストックホルム・ミラノ・シドニー・マドリッド・ワルシャワ
ブダペスト・リオデジャネイロ・ルクセンブルク・フリブール・ムンバイ

THE KRISTALLIS BABY

by Natalie Rivers

Copyright © 2007 by Natalie Rivers

All rights reserved including the right of reproduction in whole or in part in any form. This edition is published by arrangement with Harlequin Enterprises ULC.

® and ™ are trademarks owned and used by the trademark owner and/or its licensee. Trademarks marked with ® are registered in Japan and in other countries.

All characters in this book are fictitious. Any resemblance to actual persons, living or dead, is purely coincidental.

Published by Harlequin Japan, a Division of K.K. HarperCollins Japan, 2024

ナタリー・リバース

英国サセックスの田園地方で育つ。大学在学中に夫と出会い、ひと目で恋に落ちたという。卒業後、二人でロンドンに移り住み結婚、2人の子供に恵まれる。医療検査機関の研究所の職員、小学校教師という前職を経て、現在は母親とロマンス作家というすばらしい2つの職業に就けて幸せだと語る。

主要登場人物

キャリー・トーマス……………フィットネスクラブのインストラクター。
ダニー………………………………キャリーの亡き従姉の息子。
ルルとダレン………………………キャリーの友人夫妻。
ニコス・クリスタリス…………ダニーの叔父。会社経営者。
コズモ・クリスタリス…………ニコスの父。

プロローグ

キャリーは、礼拝堂に並べられた四つの棺《ひつぎ》をぼんやりと眺めた。腕の中で心地よさそうに体を丸めている赤ん坊のダニーを別にしたら、すべてが現実とは思えなかった。これが現実であるはずがない。私の愛する四人の人間が同時に死んでしまうなんて。

最前列に座っているのはキャリーひとりだった。彼女は膝の上にのせたダニーの顔をのぞきこんだ。目が合ったとたん、ダニーはにっこりした。キャリーは弱々しくほほ笑み返しながら、司祭の言葉を聞き流した。司祭の言葉に耳を傾けたりしたら、泣いてしまうとわかっていたから。

今この場で、愛する従姉《いとこ》のソフィーや、その夫であるレオニダスのことを、そして育ての親である伯母や伯父のことを考えるわけにはいかなかった。あるいは、彼ら全員の命を奪い、ダニーを孤児にさせた悲惨な自動車事故のことを。

考えたりしたら、悲しみに打ちのめされ、泣きくずれてしまうだろう。ダニーのためにも、私は強くあらねばならない。

もはや、私にはダニーしかいないのだ。

いつの間にかオルガンの演奏が始まっていた。礼拝が終わったことに気づき、キャリーはダニーを抱いたまま、ぎこちなく立ちあがって外に出た。二十五のこの年までに参列した葬儀は母親の葬儀だけだ。けれども当時はまだ幼くて、なんの記憶も残っていない。

葬儀の手配はつらいことになるとわかっていたが、すべて自分でしなくてはならなかった。父は助けてくれなかった。事故のことを伝えたときに来てくれなかったばかりか、のちに葬儀の日時を知らせたときも、心外そうな口ぶりだった。

〝その日は休めない〟父は言った。〝朝から晩まで仕事がつまっている〟

〝でも、家族なのよ〟キャリーは鋭く息をのんだ。父親から多くを期待できないことはとっくの昔に学んでいたが、葬儀にも参列しないと聞いて、心からショックを受けた。

〝おまえの母親の家族で、私の家族ではない〟父は答えた。

〝私の家族でもあるのよ〟話しながらもキャリーは声が震えるのがわかった。〝母さんが死んで父さんが私をほうりだしてから、私の家族は伯母さん一家だけになったのよ〟

〝いいか、おまえの話を聞く限り、手配はすべて終わっているようじゃないか〟父は娘の言葉を無視した。〝私が行く必要はない。事故のことは気の毒に思うが、私が葬儀に参列してもしなくても、今の彼らにはなんの意味もないはずだ〟

〝私にとっては意味があるわ〟

キャリーは切れた電話に向かってつぶやいた。父が一度でいいから私のためにそばにいてくれたなら、どれほど心強かっただろう。

父には、ソフィーの赤ん坊で生後半年のダニーを引き取ることを知らせたかった。けれど、自分の娘を捨てた男にその重みが理解できるだろうか？

十一月の寒空の下、キャリーはダニーを抱きしめて立ち尽くした。すでに会葬者の大半がぞろぞろと帰り始めている。まだ残っているわずかな人々はそれぞれ固まって静かに話している。キャリーはダニーの頭のてっぺんに頬を押しつけ、長いため息をついた。私もすぐにここを立ち去り、この子をこの悲しみの場所から連れだすことになる。

だが、彼女は葬儀のあとのことについてはほとんど考えていなかった。考えなくてはならないことがあまりに多かったからだ。とはいえ、確信していることがひとつだけあった。それは、言葉では言い表せないほどダニーを愛していること。ダニーを幸せにするためなら、私はどんなことでもするだろう。

「ミス・トーマス？」

キャリーが顔を上げると、見知らぬ年配の男性がこちらを見ていた。自分を見つめるその目の冷たさに、キャリーは背筋がぞくっとした。

「私はコズモ・クリスタリス」なまりのある深い声だった。

男性がソフィーの夫の疎遠になった父親だと知って、キャリーは衝撃を受けた。この男性はダニーの祖父なのだ。

「息子さんのこと、お悔やみ申し上げます」キャリーは本能的に手を伸ばし、彼の腕に触れた。

丈の長いウールのオーバーコートの袖《そで》に指が触れた瞬間、キャリーは間違いを犯したことを悟った。同情の言葉も、ずうずうしく袖に触れたことも、彼にとっては不快だったらしい。

「私にとって息子はすでに死んだも同然だった」袖に触れる彼女の手を見下ろすコズモの声から軽蔑《けいべつ》がにじみ出る。彼は腕を引くことも、彼女の手を払うこともしなかった。もっとも、その必要はなかった。彼女はすでに手を引っこめようとしていたからだ。

「だったら、なぜここにいらしたの？」心の中で不快な感情が渦巻いていたが、キャリーは落ち着いた声で尋ねた。実際、息子のことをなんとも思っていないなら、どうしてわざわざギリシアからやってきて葬儀に出たのだろう？

「葬儀の連絡を受けたとき、きみにはっきりさせておきたいことがあると気づいたからだ。とりわけきみが抱いているその赤ん坊に関して」

「ダニー？」キャリーは一歩あとずさり、赤ん坊を抱く腕にさらに力をこめた。この男性はダニーにいったい何を求めているのだろう？

「今も言ったように、息子は私にとってとっくの昔に死んだも同然だった。つまりその子をクリスタリスの跡継ぎとして認めることはないということだ」コズモはダニーを手で示しながら言った。「その小僧には私の金はびた一文、渡さない」

「あなたのお金？」キャリーは彼の話に混乱すると同時に、恐怖をいだいた。ダニーは両親を失ったばかりのなんの罪もない赤ん坊だ。なぜこの男性はそれほど敵意をむきだしにしているのだろう？　それになぜお金のことを話しているのだろう？

「きみの従姉は策略家だった。彼女の望みはただひとつ、私の財産を手に入れることだった」

「ソフィーはあなたのお金なんて欲しがっていなかったわ。彼女が欲しかったのは自分が愛している男性と幸せに暮らすこと、家族をつくることだけだった」ソフィーは不意に涙がこみあげるのを感じた。従姉はもう生きてその夢をかなえることはできないのだ。自分の子供の成長を見ることはない。

キャリーは泣くまいと決心して激しく目をしばたたき、彼をにらみ返した。ソフィーとレオニダスは、ここにいて自分たちの弁護をすることはできない。だから、私が代わりに弁護しなければ。二人はいい人だったし、私は二人を愛していた。これ以上彼らを中傷させるわけにはいかない。

「あの子供は私の孫ではない」コズモは淡々と言った。

「いいえ、この子はあなたの孫よ。あなたがこの子のおじいさんかと思うと気分が悪くなるけれど。それからソフィーとレオニダスにまつわる恐ろしい嘘《うそ》をあなたにこれ以上つかせるつもりはないわ」

「私はその子を決して認めない。万一、私の家族に再び連絡してくるようなことがあったら、きみは後悔する羽目になるだろう」コズモはキャリーの答えを待たず、きびすを返して立ち去った。

キャリーは彼の後ろ姿を見つめながら、自分が震えていることに気づいた。レオニダスのギリシアにいる家族については不愉快な話をいくつも聞かされていた。けれども、この瞬間初めて、彼が自分の父親をあれほど憎んでいた理由がわかった。

「大丈夫よ。あなたがあの恐ろしい男性に会うことは二度とないわ」キャリーは茶色の巻き毛に顔を埋《うず》め、つぶやいた。赤ん坊を、そして自分を落ち着かせるための言葉だった。「あなたには私が、私にはあなたがいる。家族は二人いれば充分よ」

1

半年後

「お願いよ、キャリー。私のためにやってちょうだい」ルルはくしゃくしゃの顔にマスカラで黒くなった涙を流して懇願した。「ダレンがあのメッセージを聞いたら、私は家から追いだされてしまうわ！」

「私だって助けてあげたいのよ。それはわかるでしょう」キャリーは泣いている友人を心配しながら答えた。「でも、あなたが自分でやったほうがいいんじゃない？　妻が夫の書斎に入って夫の携帯電話を取ってきても、誰も不審に思わないだろうし」

「だから、話したでしょう。全員が私たちの口論を聞いていたの。とにかくこんなんじゃ下に行けない」ルルは崩れたメイクを大げさに示した。「でも、あのメッセージを消さないと、私は大変なことになるの」

「だけど私があのパーティの中に入っていったら、浮いてしまうわ」キャリーは自分のスポーツウェアを見下ろした。私はルルの個人トレーナーであって、サッカー選手である彼女の夫の派手なパーティの客じゃない。「それに急いで帰らないと、ダニーのお迎えに遅れてしまうわ」

「すぐに済むわよ」ルルはいきなりキャリーに突進してきて、Tシャツをつかんだ。「急いでこれを脱いで、私のドレスを着て」

五分後、キャリーはそのドレスを着てルルの寝室を出た。なんとも照れくさかった。ダニーの世話をしながら悲しみを乗り越えるのに精いっぱいの半年を過ごしたあとで、有名人の集まる派手なパーティのために着飾るという経験は落ち着かないものだった。これほど劇的に人生が変わる前でさえ、危険なほど高いヒールや、息をするのも苦しいほどきついドレスを着たら、落ち着かなく感じていただろう。けれども、もっと落ち着けるドレスをルルの衣装から選んでいる時間はなかったのだ。

キャリーはトレーニングウェアを無造作に押しこんだリュックを正面のドアのそばに置き、ダレンの書斎に向かった。ほんの少しの間、彼の携帯電話を拝借すればいいのだ。ルルが嫉妬《しっと》に駆られて残したメッセージを消せば、それで私の任務は終わる。

キャリーは通りすがりのウエイターからシャンパンのグラスを受け取り、喉に流しこんだ。口の中ではじける泡にむせて涙がこみあげる。静かに咳《せき》をしたあと、目をしばたたいて視界をはっきりさせてから、慌てて部屋を見まわした。

まだ時間は早いのに、すでにパーティはたけなわだ。カメラマンが客の間をまわりだしたが、喜んでポーズを取る客はいくらでもいた。みな有名人のライフスタイルを載せる雑誌に出たくてうずうずしているのだ。

キャリーは光沢のある赤いドレスの裾《すそ》を引っ張って、むきだしの腿を隠そうと無駄な努力をした。ルルのドレスの趣味が慎みとは無縁なことは有名だ。しかもキャリーの身長がかなり高いこともあって、脚が危険なほどさらされている。さらに困惑させるのは、大きく開いた胸もとだ。

人目を気にしてうつむき、キャリーは部屋を横切った。切りそろえた黒い前髪が目を覆ったが、払いのけはしなかった。顔が隠れたほうが安心だった。脚や胸もとに目を奪われて誰ひとり、顔など見ていないとしても。キャリーはそう考えて身震いした。

ようやく書斎に忍びこみ、背中でドアを閉めた。ひっくり返りそうな胃のことは無視して机に向かう。シャンパンのグラスを置き、椅子の背からダレンのジャケットを取りあげてポケットに手を伸ばした。

「それはきみの癖なのか？」

息をのみ、ジャケットをきつく抱きしめたままキャリーは振り向いて声の主を見た。

見知らぬ男性が書斎にいた。背が高く、威風堂々とした彼は、微動だにせず、彼女の一挙手一投足を静かに見ていたのだ。

キャリーは男の顔を見た。そして視線が合ったとたん、息をのんだ。すばらしいとしか言いようがなかった。焦げ茶色の髪とブロンズ色の肌が地中海地方特有の容貌《ようぼう》を示していたが、目だけは例外で、ひときわ目立つ青だった。

彼のみごとな骨格と完璧《かんぺき》な容貌にキャリーは見入った。信じられないほどハンサムだが、彼にはこちらが狼狽《ろうばい》するような何かがある。彼が何者かを知らなくてはならないという奇妙な感覚に襲われた。このパーティの客はたいていが有名人のはずなのに、彼には見覚えがない。いったい誰なのだろう。

彼もキャリーを見つめ返していた。彼の視線が横柄に自分の体を走り、キャリーは肌がちくちくするのを感じた。ぎらつくまなざしの激しさに、不意に露出の多いドレスを意識する。それは不慣れな感覚だった。

この半年、キャリーは新しい生活に完全に没頭していた。愛する人々を一度に失った悲しみを乗り越えようとしながらダニーを世話することにほろ苦い喜びを発見すると同時に、子供の面倒を見るという日々のストレスと折り合うすべも学んできた。

そんな生活の中で、自分が男性の気を引く魅力的な女性であると考えることはなくなっていた。

むきだしの肌が熱くなることに動揺し、キャリーはなんとかそれを無視しようとした。思いがけない感情に混乱させられるわけにはいかない。結局、私はまだ頼まれた任務を果たしていない。それにダニーのお迎えに間に合うように帰らないと。

「何か私にお手伝いできることはある？」キャリーはできるだけ平静な声を装って尋ねた。「迷子になったの？　それともダレンを捜しているの？」

「きみは僕の質問に答えていない」見知らぬ男性は言った。「僕はきいたはずだ。それはきみの癖なのかと」

キャリーは心臓が止まりそうになった。私がしようとしていたことを彼は見ていたのだ。

「あなたが何を言っているのかわからないわ」キャリーはなんとかやり過ごそうとした。ポケットから携帯電話を取りだしながら椅子にジャケットを戻す。顔にかかった髪を払い、正面から彼を見すえた。

「きみは他人の書斎に忍びこみ、携帯電話を盗むようなことをときどきしているのか、ときいたんだ」

彼の朗々とした深い声にはどこのものとはわからな

いなまりがあった。

「私はどこにも忍びこんでいないわ」冷静な声を装いつつ、彼の力強い肉体に視線を走らせたキャリーは、自分が目にしたものに感動した。脂肪のついていない引きしまった肉体。黒のデザイナーズ・スーツを着ていてもすばらしいが、トレーナーという仕事柄見慣れているスポーツウェア姿になっても同じくらい見栄えがするだろう。「何も盗んでもいないわ。これはルルの携帯電話よ。彼女に頼まれて取りに来たの」

「作り話ならもっとうまくするんだな」

「ルルのためにしているの」キャリーは彼のあざけるような口調を聞き流そうとしながら肩をすくめた。まだ、はったりで切り抜けられそうな気がする。

「取ってきてほしいと頼まれたのよ」

「本当に？」彼は侮辱するように彼女の体を見た。爪先からゆっくり視線を上に這《は》わせていく。「それはきみの仕事着なのか？」彼は視線をあらわな胸もとに留めたまま尋ねた。

「私はルルの個人トレーナーよ」キャリーは彼に凝視されて熱くなっている肌のことは無視しようとした。彼に見られて自分の体がそのように反応することになぜか興奮し、同時にうろたえた。「では失礼。彼女のところに戻らないと」ドアに向かって一歩、踏みだしたとたん、書斎のすぐそばで聞こえたダレンの声にはっとする。

キャリーは不安げにドアを見やった。彼の携帯電話はまだ手の中にあるが、この窮屈なドレスにはそれを隠す場所はどこにもない。私はルルに約束した。けれども今、その約束は果たせそうにない。

キャリーは招かれざる同室者を振り返った。彼は私がしていたことをダレンにばらすだろうか？

そのとき彼がこちらに歩いてきた。キャリーはどきっとし、携帯電話を握りしめて彼を見つめた。車のヘッドライトを浴びた兎《うさぎ》のように立ち尽くして。

彼は何をしようとしているの？　携帯電話を取りあげて、目撃したことをダレンに話そうとでも？

彼の動きは急いでいないようだったが、青い目の光には何かをしようとする意思がはっきり読み取れる。キャリーの背筋に冷たいものが走った。気がつけば彼は目の前にいた。書斎に入ってくる人がいれば効果的に彼女を隠してくれる位置だ。

彼のあまりの近さに驚き、見開いた目で彼を見上げた。彼女は身長が百七十センチ以上ある。しかもルルの十センチヒールのサンダルを履いているのに、顔を反らしてようやく彼の顔が見えた。

彼の表情を見たとたん、キャリーの鼓動が乱れた。彼が魂の奥まで見透かすようなまなざしで見ていたからだ。そのとき彼が顔をわずかに傾けた。まるで今にもキスするように！

「とてもきれいだ」彼はキャリーのむきだしの二の腕を優しくつかみ、つぶやいた。

キャリーは立ちすくんでいた。彼の顔から目が離せなかった。すばらしいとしか言いようがなかった。彼の容姿のすべてが完璧に思えた。しかも彼は私を見ている。性的な魅力にあふれた女性だと思っている。

不意にキャリーは彼の手が官能的に彼女の腕を撫《な》で下ろしていることに気づいた。かすめるような軽い感触に鳥肌が立つ。彼の手が彼女の手から携帯電話を取りあげ、次の瞬間には、彼のもう一方の腕が彼女の背中にまわり、彼女を強く引き寄せていた。

体と体がぶつかった瞬間、キャリーは息をのんだ。こんなに窮屈なドレスでは、彼の肉体を間近に感じてしまう。心臓の音が大きくて、ほかの音が聞こえなくなる。彼は何をしようとしているの？　まさか本当にキスしようとしているんじゃないでしょうね。彼は私を知りもしないのに！

心の奥のどこかにわずかに残っていた理性が彼を押しのけろと言っていた。けれども彼女の体が分別を無視していた。分別のあることなどしたくないと。

口をきくことも動くこともできず、キャリーは彼を見上げた。あと戻りできる瞬間は過ぎ、彼の唇が彼女の唇と重なった。

官能的な彼の唇の動きに彼女の体が震えた。つかの間キャリーは我を忘れ、彼にしがみついた。

脚から力が抜け、腕がひとりでに彼の広い肩に巻きつき、彼の体と自分の体が渾然《こんぜん》となるのを感じた。彼は片方の手をキャリーの背中にまわして支え、机の上で彼女をのけぞらせた。一瞬後、彼のもう一方の手が彼女の腰をつかみ、引き寄せた。

キャリーの腰が彼の腰に押しつけられ、胸のふくらみが前に突きだされる。それは否定しようもないほどエロティックな体勢だった。性的興奮が彼女の体を突き抜け、体の奥で欲望の絶え間ないうずきが始まる。そのとき、思いがけないほど突然、彼が唇を離した。

キャリーは驚いて声も出ないまま彼を見つめた。聞こえるのは自分の荒い息遣いと早鐘を打つ心臓だけ。見えるのは彼の顔と、張りつめているけれど読み取れない表情だけ。彼はまだ彼女を抱きしめたままだが、それまでほどきつく抱いてはいなかった。

「キャリー？」

見知らぬ男性の背後から聞こえてきた男性の声にキャリーは我に返った。

「今晩きみが来るとは知らなかったよ」

ダレン！　キャリーはダレンのことをすっかり忘れていた。突然、彼の携帯電話を持っていることを思い出した。しかしその直後、もはや手にしていないことに気づいた。

「ルル……ルルに残ってパーティに出てほしいと頼まれたの」キャリーはしどろもどろに答えた。ダレンを見ようとするが、見知らぬ男性の顔から目をそらすことができない。

「きみはここで何をしているんだ？」自分のジャケットを見下ろすダレンの声には疑惑の響きがあった。ジャケットはキャリーがほうり投げた椅子の背に無造作にかかっている。「いや、きみが何をしているかはわかっている。だが、なぜ僕の書斎で？」

「ちょっとキャリーと二人きりになる必要があってね」見知らぬ男性は振り向いてダレンを見やり、二人の話に割って入った。彼が全身から発する静かな自信と威厳ある雰囲気を誰かが見たら、この書斎はダレンのではなく、彼のものだと思ったことだろう。

ショックを受け、キャリーは目を見開いた。どうして彼は私の名前を知ったのだろう？　ダレンが呼んだのを繰り返しただけ？　それに、なぜ私と二人きりになりたかったと言ったのだろう？　彼の力強い横顔を見ながら、さまざまな不安や疑惑が渦巻いた。彼は私に言い寄る目的で、書斎に入る私をつけてきただけなのだろうか？

「ニック！」ダレンが叫んだ。「久しぶりだな。来るなんて聞いていないぞ」

キャリーは混乱して顔をしかめた。ダレンが見知らぬ男性を知っていることに、なぜか驚いたのだ。だがそもそも、これはダレンのパーティだ。ここにいる人たちはみな、彼の客のはずだ。そして、彼はこの男性をファーストネームで呼んだ。ニックと。

「土壇場で決めたんだ」ニックは言った。「空港から直行して着いたばかりだ」

「そうだろうとも。きみならぐずぐずせずにすぐ用件に入るだろうさ、この色男め」ダレンは彼の背中を思いきりたたきながら笑った。

そのせいでニックの体がキャリーの体とぶつかり、彼女の敏感になった体に欲望の余波が走った。

「それに」ダレンは満足げに加えた。「キャリー、相手がきみとは、まさにダークホースだな！」

キャリーはまたもやはっとした。見知らぬ男性とみだらに体をからめたままだと気づいたのだ。彼の筋肉質な脚が彼女の腿の間に押しつけられ、ドレスの裾がさらにめくれ上がっていた。

「そうか、だったら邪魔しないよ」ダレンは二人のわきから手を伸ばして自分のジャケットを手に取りながらニックに話しかけた。「きみにはしなくてはならないことがあるのはわかった」ポケットから携帯電話を取りだし、にやりとする。「僕はちょっと電話をしなくてはならなくてね。だから二人きりにしてやるよ。お望みとあらば、鍵《かぎ》をかけてもいい」彼は書斎を出て後ろ手でドアを閉めながら、そう言い残していった。

キャリーは呆然《ぼうぜん》と彼の後ろ姿を見送り、それから再び目の前のニックの顔をのぞきこんだ。彼のキスに対する自分の反応にまだ困惑を感じるが、そもそもそんな格好をさせた彼に腹が立った。

「あなた、いったい自分が何をしていたと思っているの？」彼を押しのけながらキャリーはきいた。背を起こし、高いヒールに少しふらついてからまっすぐ立つ。だが立ったとたん、腰に手を当て、憤然と彼をにらみつけた。

「そんなことはきかなくてもわかっていると思ったが」彼はタイを直し、シャツの袖口《そでぐち》を引っ張って、再び完璧に服を整えた。「もちろん、僕は盗まれた携帯電話を元に戻していたんだ」

「まあ！」キャリーは心底めんくらった。あんなことがあったのに、彼はどうしてこれほど事務的でいられるのだろう？　本当に、携帯電話を戻す間、気をそらそうとしてキスをしただけなのかしら？

キスはつかの間だった。なのに、キャリーは心身ともに強い衝撃を受けていた。この半年、彼女は自分が希望や欲望を持ったひとりの人間であることを封じこめてきた。だが、今彼女は自分でも驚くようなやり方で突然自分を解き放っていた。

キスに夢中になるあまり、彼女は周囲で起こっていることにまったく気づかなかった。一方、ニックはキスの影響を少しも受けず、まったく違う目的に集中していたようだ。ジャケットのポケットに携帯電話を戻すのをダレンに気づかれないよう、彼は偽装工作をしていただけなのだ。

「きみには感謝してもらえると思ったが」彼はキャリーの混乱と不安を見ておもしろがっているようで、官能的な唇の端を上げた。「実際、きみはかなり楽しんでいたという印象を受けたが」

「楽しんでなんかいないわ！」露骨な嘘《うそ》にキャリーは頬が赤らむのを感じた。「だいたい、あんなふうにキスする必要はなかったはずよ！」

「映画の中ではいつもああしているじゃないか。ジャケットに手を伸ばすにはきみを後ろに倒さなくてはならなかったんだ」ニックはほほ笑んだが、目は笑っていなかった。「それに、きみはおびえた兎のようだった。僕が脚を突きだしてダレンを転ばせても、その隙《すき》に彼に気づかれずに携帯電話を戻すだけの機転を働かせられたか、怪しいものだ」

「助けてと頼んだ覚えはないわ」ニックに軽く侮辱されたことも、すべてを冗談のように扱う態度にも不意に腹が立ってきた。「それに、ダレンにきちんと説明していたわ。ルルに頼まれたって」

「キスしたことを謝るつもりはない。きみが求めているのがそのことだとしたら。あのとき、僕は必要だと思ったことをした。それだけのことだ。僕自身、あの状況を心から楽しんでいたわけじゃない。だが、きみに謝罪を求めるつもりはない」

「私が謝らなくてはならないことなんて、何ひとつないわ！」キャリーは抗議の声をあげた。さまざまな感情が激しく交錯する。あのキスに私は圧倒された。けれども、ニックはまったく違う感想を持ったようだ。「キスしてと私から頼んだ覚えはないわ。もしがっかりしたのだとしても、私のせいじゃないわ！」

「もちろん、僕が話しているのはキスのことじゃない。なぜ女性というものはつねにそういったことに自信が持てないのだろう？」彼は大げさに眉を上げた。「僕が言いたかったのは、きみが泥棒だとわかってがっかりした、ということだ。きみが分別のある、正直な人間であることを望んでいたんだ」

「なんですって？」キャリーは彼が言外にこめた意味を理解しようとした。どうして彼は私がどんな人間であるかを気にしているのだろう？ ふと彼がダレンに話していたことを思い出す。彼は私と二人きりになる時間が必要だと言った。この人はいったい何者なの？

「第一印象は重要だ」彼は視線をゆっくり彼女の体

に走らせながら続けた。視線は意味ありげに胸のふくらみあたりをさまよってから、細いウエストへと下りていった。

「あなたは誰？」キャリーは背筋を伸ばし、彼の露骨な視線を跳ね返そうとした。「それに私になんの用があるの？」

彼はすぐには答えなかった。相変わらず目を合わせないまま、視線をさらに下ろし、豊かな腰、さらにはむきだしの長い脚、そして爪先へと移していった。キャリーがもう一度質問を繰り返そうとしたそのとき、彼はいきなり視線を合わせた。

「僕はニコス・クリスタリス」彼は冷ややかに答えた。「ここへ来たのは、僕の甥《おい》の今後について話し合うためだ」

2

キャリーは言葉を失った。ショックのあまり何も考えられず、ただ彼を見つめた。

ニコス・クリスタリス。彼はソフィーの夫レオニダスの弟、誇り高く傲慢《ごうまん》なコズモ・クリスタリスのお気に入りの息子、そしてダニーの叔父なのだ。

恐怖に襲われたが、キャリーは深呼吸をして落ち着こうとした。不意によみがえってきた、葬儀のときのコズモ・クリスタリスとの悲惨な対面について決して考えるまいと努める。あれは恐ろしい経験だった。あのときの記憶は、愛する人々を失った悲しみと切り離せないものになっている。

「あなた、ここで何をしているの？」ようやく絞りだした声は、かすれているうえに小さかった。

ニックは自分の言葉が彼女に大きな衝撃を与えたのを目にして、奇妙な満足感を覚えた。驚くほどの速度で顔から血の気が引き、一瞬、彼女が呆然《ぼうぜん》としているように見えた。

僕は快感を覚えている、とニックは思った。原則として人に痛みを与えるのが嫌いであるにもかかわらず。だが、キャリー・トーマスは別だ。彼女は僕の所有物を奪った。そしてそれを取り戻すためなら、僕はどんなことでもする！

「僕は甥《おい》について話し合うために来た」ニックは答えた。「僕の正体を明かした以上、それははっきりしていると思ったが」

「ダニーについてあなたと話すことなんて何もないわ」キャリーは言った。彼女の顔は白いままだったが、目には不意に輝きが戻っていた。「話し合うことなんて何もない」彼女はつかつかとドアに向かって歩いていき、書斎から出ていった。

ニックは引き止めなかった。彼女がこのサッカー選手のパーティという人の多い場所から離れてくれたほうが都合がいいからだ。用件を果たすためにはここは人目がありすぎる。それにカメラマンたちも多すぎた。

パーティの人ごみをかき分けて進むキャリーを見ながら、ニックは目を細めた。彼女はすばらしい。彼が雇った調査員たちに写真を提供されていたので、魅力的なことはわかっていた。だが、実際の彼女から受ける信じられないほどの衝撃は、写真だけではわからなかった。

彼女は軽やかに部屋を横切っていった。ヒールが高いせいで彼女の形のよい脚がみごとな張りを見せている。ここにいるすべての男が、通り過ぎる彼女に見とれ、その長い脚を自分に巻きつかせたところを想像したに違いない。いや、そんな想像をしているのは僕だけかもしれない。彼女にもう一度キスをしたいという思いを振り払えないのは確かだ。彼女にキスを、いや、それ以上のことをしたい。

肩より長いシルクのような黒髪が、歩くたびに魅力的に揺れた。彼はその輝く黒いカーテンの下に手を滑りこませて両側に開き、背骨に沿って走るファスナーをあらわにしたかった。

彼は想像した。そのファスナーを下ろして、両手をセクシーな体に這《は》わせるところを。じらし、愛撫《あいぶ》し、彼女の服をすべて脱がせ、自分を迎え入れる準備をさせるところを。彼女が受け身の恋人にはならないことは知っている。彼女が自分の下で体をよじるとき、彼女をめくるめく世界へ連れていくとき、僕は彼女の緑色の目をのぞきこみたい。

彼女がドアのすぐそばまで行ってしまったことに不意に彼は気づいた。みだらな考えをわきに押しやり、慌てて追いかける。行き先はわかっている。だが彼女から目を離さずに追いかけたほうがよさそうだ。

キャリーは正面ドアのそばの奥まった場所に置いてあったデニムのジャケットとリュックを取りあげると、足を止め、部屋を見渡してルルを捜した。すぐにも帰りたかったが、友人のことを忘れるわけにはいかなかった。とりわけ先ほどのひどい取り乱しようを知っているからには。ルルはすぐに見つかった。意を決したように階段を駆け下りてきたのだ。メイクを直し、体の線にぴたりと合った銀色のカクテルドレスという悩殺スタイルで。

「本当にごめんなさい」ルルが下りてくるやいなやキャリーは謝った。「できなかったわ」

「気にしなくていいわ」ルルは先ほどまでのヒステリー状態とは打って変わって、かなり落ち着いた口調で言った。そして夫を見やった。ダレンは男性グループと冗談を言いながら話している。「私が自分で取ってくるわ。ダレンはまだあのメッセージを聞いていないはずよ。そうでなければあんなのんきな顔をしていられないもの」

それだけ言うとルルは夫のもとへ歩いていった。キャリーはつかの間、すべてがうまくいくことを願って見送っていたが、それ以上長居はできなかった。ニコス・クリスタリスからできるだけ遠くに離れていたいという望みは別にしても、急がなくてはならない。すでにダニーのお迎えに遅れている。キャリーは背を向け、正面ドアから外に出た。

顔に吹きつける冷たい風が心地よかった。キャリーはひとつ深呼吸すると、ロンドンのしゃれたタウンハウスの大理石の踏み段を駆け下り、通りに出た。

ニコス・クリスタリスの突き刺すような視線から逃れてほっとした。部屋を横切る間ずっと、彼の視線を背中に感じていた。私を捕食者のような目で見ていたはずだ。キャリーは自分を見送る彼の目つきの鋭さを想像し、身震いした。

そして舗道にヒールの音を響かせながら通りを足早に歩きだした。デニムのジャケットのボタンを留める手が驚くほど震える。ニコス・クリスタリスもパーティを逃げだしたのではないか、確認したかったが、振り向きたい衝動を必死に抑えた。

なぜ彼はロンドンにいるのだろう？　葬儀のときに彼の父親が言いだしたことを片づけるため？　もしかしたら、クリスタリス家とは連絡を取らないと誓わせる法的書類に署名させたいのかもしれない。

キャリーは激しく首を振り、そういった考えをしばらくの間振り払おうとした。ダニーを迎えに行くときに動揺しているわけにはいかない。そんなことをしたらダニーがかわいそうだ。

タクシーを降りたキャリーは数分後、行き交う通勤客で混雑した舗道に降り立った。戸口にかがみこみ、ブザーを押す。

「キャリー・トーマスです」キャリーはインターホンに向かって告げた。「遅くなってすみません」

長く低いブザーが鳴ってロックが外され、建物の中に入る。階段を踊り場まで上ってもうひとつのセキュリティドアを通るとダニーの保育所だ。

「ダニー！」キャリーは駆け寄り、抱きあげた。

不意に涙がこみあげる。ダニーをきつく抱きしめるのはなんてすばらしいのだろう。たとえダニーが自分の息子であってもこれ以上不可能なくらい、私はダニーを愛している。

ニコス・クリスタリスがロンドンまでやってきたのは無駄足だった。レオニダスは、息子のダニーにはギリシアにいる家族とはいっさいかかわらせたくないと言っていた。自分に何かあってもギリシアの家族に息子を渡さないよう、妻のソフィーに約束させてさえいたのだ。今、コズモとニックと会ってみて、キャリーにもその理由は容易にのみこめた。ソフィーのために私ができるのは、事故で亡くなる前にソフィーが夫に約束したことを守ってあげることくらいしかない。

「ごめんなさい、遅くなって」キャリーはダニーの頭のてっぺんにキスし、それから彼のくしゃくしゃの頭越しに、ダニーに絵本を読んでくれていた女性保育士の顔を見やった。

「いいんですよ」若い保育士は言った。「私たち、おもしろいお話を読んでいたんです。そうよね、ダニー?」

「遅れた分の追加料金はいただくことになりますよ、ミス・トーマス」

保育所の所長の声にキャリーは顔をしかめたが、笑みを顔に張りつけてから、振り向いた。実のところ、正規の保育料でさえやっと捻出《ねんしゅつ》しているのだ。

「すみません、ミセス・プルーマン」キャリーは言った。「途中で渋滞につかまってしまって」

「そう」ミセス・プルーマンは同情するそぶりすら見せなかった。眉をひそめ、キャリーが身につけているぴかぴかの赤いミニドレスとヒールの高いサンダルをまじまじと見つめた。

ジャケットのボタンを閉めておいてよかった、とキャリーは思った。おかげで胸もとは隠れている。

「私はここで慈善事業をしているわけではないんですよ、ミス・トーマス。もう二度とこんなことがないようにしてくださいね。私はスタッフのことも考えなくてはならないのです。ですが今回だけは追加料金はいただかないことにしましょう」

「ありがとうございます、ミセス・プルーマン。楽しい夜を」キャリーは自分のリュックと一緒にダニーのバッグを肩にかけ、廊下の戸棚から乳母車を取りだした。家に着くのが待ち遠しかった。安全で快適な自分の部屋に。

建物の外に立っていたニックは、胸の奥で思いがけず期待している自分に顔をしかめた。これは慣れない感覚だ。孤児となった甥を初めて目にするのだ。だが、なぜそれがこんなに不安なのだろう？

ニックは一度はダニーを想像しようとしてみたものの、どんな顔かたちなのか皆目見当がつかなかった。今までに何百人もの赤ん坊を見てきたはずだが、ひとりとしてまともに見ていなかったのだ。子供を連れてギリシアに帰るときは、さぞかしおかしな気分がするだろう。

ようやくキャリーが建物から出てきた。片手で、腰にのせた茶色い髪の赤ん坊のバランスを取りながら、もう片方の手で折りたたみ式の乳母車を持っている。彼女は通りの左右に視線を走らせた。だが、行き交う通勤客のおかげで彼の姿は見えずに済んだ。

彼の視線は赤ん坊に釘《くぎ》づけになった。死んだ兄の息子。全身がじわじわと麻痺《まひ》していく。あの赤ん坊は僕の家族、勘当された兄の忘れ形見なのだ。

ニックは無意識のうちに彼らに向かって舗道を歩きだしていた。キャリーが手首をうまく使って乳母車を開き、足を使って安全装置を所定の位置に据えた。その間ずっと赤ん坊をしっかり抱き、つねにほほ笑んだり、話しかけたりして赤ん坊をあやしている。

「さあ、入って、ダニー」安全ベルトを締めながらキャリーは言った。「では帰るわよ。地下鉄にする？　それともバス？　どっちがいいと思う？」キャリーは通りのバス停の列をちらりと見やった。

「僕たちはまだ話す必要がある」ニックは彼女の後ろに立ち、いきなり言った。

キャリーが仰天して息をのんだ。振り向く前に僕だとわかったらしい。彼女の背中がそう言っている。

「あなた、ストーカーなの？　誰が考えてもそう思うわよ！」キャリーは振り向き、目にかかった黒い前髪を払いのけた。

ニックは、上を向いた彼女の顔を見下ろした。アーチ形の眉の下にあるアーモンド形の目は輝く緑で、黒く長いまつげで強調されている。そのとき彼女がノーメイクであることに気づいた。信じられないほど白い、染みひとつない肌が、内なる活力で輝いている。

ふとノーメイクに違和感を覚えた。こんな派手なドレスを着たら、普通はノーメイクなどありえないのではないだろうか？　だがそれを言ったら、顎までボタンを閉めたデニムのジャケットもリュックも不釣り合いだ。

「きみは話が終わらないうちに帰ってしまった」ニックは言った。

「あなたに話すことなんて何もないわ」そう言う彼女は非常に冷たく見えた。だが経験から彼は知っていた。彼女の色気のある体は冷たさとは程遠いと。

「本当に？」ニックは冷静に尋ねた。「だったら教えてくれ。なぜ僕の兄の赤ん坊を盗んだ？」

「私は……私は……」キャリーは口ごもった。乳母車の取っ手を握りしめ、一歩あとずさる。「ダニーを盗んだわけじゃないわ」

キャリーはおびえた目を見開き、僕を見返した。突然顔がさらに白くなったような気がする。僕の言葉にショックを受けたのは間違いなさそうだ。おそらくこれほど早く僕が要点を切りだすとは思っていなかったのだろう。

「ほかになんと言えばいいんだ？　自分の子供でもない赤ん坊を連れ去ることを」本当に彼女は僕の質問に驚いているのだろうか？　もしかしたらすぐに立ち直り、あらかじめ用意していた弁護の言葉をまくしたてるのかもしれない。

「赤ん坊は誰のものでもないわ！」キャリーは息を

あえがせた。「赤ん坊は自分を愛してくれる人と一緒にいるべきよ」

「赤ん坊は家族といるべきだ」ニックは脅すように言って彼女に一歩つめ寄った。「そして今も言ったように、きみはその赤ん坊を家族から盗んだんだ」

「私はダニーを盗んだりしていないわ。事故で両親を失ったとき、誰もあの子を引き取ろうとしなかったのよ」

「そのチャンスを与えられた者がほかにいなかったからだ」

「あなたのお父さまが――」

「父は死んだ」ニックは冷たく遮った。

キャリーは鋭く息をのみ、緑色の目に困惑の色を浮かべて彼を見上げた。僕はまたもや彼女を驚かせたようだ。彼女の顔に心からの同情の表情がよぎる。

「お悔やみ申し上げます。私、知らなくて――」

「いや、いいんだ」不意に彼はいらだったような手ぶりで彼女の言葉を遮った。彼にとっていちばんありがたくないのは彼女の同情だった。

彼の父はほんの二カ月前に、突然死んだ。兄が自動車事故で死んでから四カ月後のことだ。ニックはこの二カ月、まだ現役の父が仕切っていたファミリービジネスを引き継ぐために大変な日々を過ごしてきた。そしてようやく正常な状態に戻したとき、父の個人的な書類の中に驚くべきものを発見した。兄は、孤児となった赤ん坊を残していたのだ。

ニックは視線を落とし、隣の乳母車の中にいる赤ん坊を、兄の息子を見つめた。それからその赤ん坊を奪った女性に視線を移した。

視線が合うと、彼女はごくりと唾《つば》をのみこんだ。僕の発言に驚いたのだろう。ぎこちなく一歩あとずさり、通勤客の波に足を踏み入れた。

「おい！　気をつけろ！」若い男が彼女の背中にぶつかってもう少しで押し倒しそうにしながら怒鳴っ

た。高いヒールを履いていた彼女は思わず前によろめいて乳母車をニックの向こうずねにぶつけた。

ニックはギリシア語で悪態をついた。「僕たちはこの通りから離れたほうがいい」キャリーと乳母車をわきに引っ張り、比較的安全なカフェの戸口のほうへ連れていく。「僕の運転手を呼ぼう」

「あなたの車になんか乗らないわ」キャリーは彼の手を振りほどき、しゃがみこんでダニーが大丈夫か確認した。「私はあなたのことをほとんど知らないのよ」立ちあがり、彼の目を見て言う。

「僕たちは話し合う必要がある。それに話をするには通りはふさわしくない」ニックはきっぱりと言った。「ここに入ろう」彼は目の前の、流行のイタリアンカフェを指さした。

キャリーはためらった。唇を噛《か》み、しばし考える。いつかは彼と話さなくてはならないことはわかっている。だったら、早く終わらせたほうがいい。

「わかったわ。でも長居はできないわよ」キャリーはかがんで、ダニーを乳母車から抱きあげた。「この子がすぐに飽きてしまうから」

数分後、彼らはカフェの奥、隅の静かなテーブルに座っていた。ダニーは彼女の膝にいて、彼女のカプチーノに何度も突進を試みていた。

キャリーは少しずつ椅子をテーブルから離した。無意識のうちに熱い飲み物からダニーを遠ざけようとしたのだ。そしてこっそりニックを見た。彼が本気でダニーを奪いたがっているとは思っていなかった。レオニダスが亡くなったことを知らせるために家族と連絡を取ってから半年がたっている。もしもニックが本当にダニーを連れ去るつもりなら、もっと早く私を捜していたはずだ。

彼の本当の望みが何か、キャリーは知りたくてたまらなかったが、その衝動をなんとか抑えた。彼に手の内を最初にさらさせ、彼の申し出について整理する時間が欲しかったからだ。だが、彼は座ってからほとんど口を開かなかった。今も黙ってエスプレッソを飲んでいる。

キャリーは彼の全身に視線を走らせずにはいられなかった。贅肉《ぜいにく》のない、たくましい体にわずかの隙《すき》もなく身につけたデザイナーズ・スーツが広い肩と厚い胸板を強調している。糊《のり》のきいた白いシャツが彼のブロンズ色の、健康的で力強い肌を引き立てていた。

「お父さまのことはお気の毒だと思っているわ」キャリーはまだニックを警戒していた。だがこれ以上黙って座っているのは耐えられなかった。「レオニダスの事故のすぐあとでお父さままで失うなんて、さぞつらかったでしょうね」

「お気遣いありがとう」ニックはカップを下に置き、冷たい目で彼女と視線を合わせた。「だが、父の死について話すためにここへ来たわけじゃない。その子に関する取り決めをするために来たんだ」

「どういう意味？」警戒信号がともった。キャリーはどきっとした。同時に、胃がひっくり返る。

「ダニーは僕と一緒にギリシアで暮らすべきだ」

キャリーはダニーを抱きしめたまま椅子の背にもたれ、信じられない思いでニックを見つめた。彼が本気でダニーを欲しがるはずはない。そうでしょう？

「お父さまのことはお気の毒だと思うわ」キャリーは引きつった声で言った。「でも、ダニーは私といるべきよ」

「いいや、ダニーは僕と一緒にギリシアに帰るべきだ」

「あなたが動揺しているのはわかるわ。お兄さまばかりか、お父さままで失ったのだから」キャリーは必死に落ち着こうとした。彼が本気でダニーを奪うつもりだと悟り、自分が動揺していることを知られるわけにはいかなくなった。「けれど、あなたは半年前、ダニーを引き取ろうとしなかった。自分の都合で子供を引き取るかどうか決めるなんておかしいわ」

「僕を侮辱するのはやめろ」ニックは彼女を見すえて言った。「これは僕の話じゃない。ダニーが本当の家族と暮らす権利に関する話だ」

「私は彼の本当の家族ではないと言っているの?」

キャリーは息をあえがせた。

「きみはダニーの近親者じゃない。それに彼にふさわしい保護者でもない」

「どういう意味?」彼の言葉に、キャリーはショックを受けた。「あなたは私を知りもしないのに!」

「きみが盗みを働こうとしたことは知っている」

「盗みなんてしていないわ」キャリーは、ルルの助けを求める哀れな泣き声を思い出しながら抗議した。自分の友人を助けようとしたことを恥じてはいない。

それはニックには関係のないことだ。だが不意に彼にすべてを話そうと決めた。自分がしていたことについて詮索《せんさく》されるより、そのほうがましだ。「ルルに頼まれたのよ。電話に残したメッセージをダレンが聞いたらけんかになるとルルは心配したの。だから私にそのメッセージを消してほしいと頼んだの」

キャリーはニックを見て、納得してくれたかどうか確かめた。だが彼の表情はいまだに読めない。

「ひとりで子供の面倒を見ることは簡単ではなかったはずだ」不意に彼は話題をダニーに戻した。「だが……」

「まったく問題はなかったわ」キャリーは慌てて言った。「実際、すばらしかった!」仕事の約束をやりくりし、家計の収支を合わせながら赤ん坊をひとりで育てることがどれほど大変か思い知ったと認めるつもりはなかった。

「僕はダニーの叔父だ」ニックは淡々と言った。

「きみはダニーの母親の従妹《いとこ》にすぎない」

「それがどうしたというの？　ダニーが誰かを必要としているときに私がそこにいた。あのとき、ほかの誰もダニーを引き取ろうとはしなかったわ。あなたのお父さまはダニーを〝小僧〟と呼んだし……」

キャリーは冷たい灰色の大理石のテーブルを見下ろし、ためらった。コズモ・クリスタリスとの恐ろしい対面を思い出したくなかった。ダニーの祖父が孫をどんなふうに見なしたか考えると胸が痛んだ。

「きみは僕の父に会ったのか？」ニックが鋭い口調で尋ねた。「いつ？」

彼の声の何かがキャリーの目を彼の顔に戻させた。彼の口の端が引きつり、額にしわが寄る。

「葬儀にいらっしゃったわ」キャリーは慎重に答えた。ニックがどんな反応を示すか怖かった。

「去年の十一月か」ニックは少し間を置いてから言った。

「ええ」彼にとって父や兄のことを話すのは苦痛ではないだろうか。キャリーはそういぶかりながら用心深く彼を見た。彼の顔に苦痛は浮かんでいないが、表情もなく、何も読み取れない。

「父はきみになんと言った？」

「たくさん話したわけじゃないから」キャリーは言葉を選びながら答えた。「ダニーが母親の家族と一緒にイギリスにいるのが本人のためにいちばんいいと感じている、そう言っただけよ」

「本当に？」ニックは突然、皮肉っぽい笑い声をあげた。「僕は父を知っている。父がそんな言葉を口にしたとは思えない」

「あなたのお父さまが言ったことはおもしろくはなかったわ」こんなときにどうしてこの男性は笑えるのだろう？

「そうだろうな」彼の青い目がぎらりと光る。「だがそんな控えめで、思いやりのある表現を父がしたった。

ときみが言うものだから、おもしろくてね」

「あなたのお父さまはダニーのことを少しも心配していなかったわ！　ダニーを、生まれてこなければよかったと思っていた！」

「そうかもしれない。だが、僕の意見は違う」

「だとしても、あの事故のあと、あなたはいったいどこにいたの？　ここに来ることさえしなかったでしょう！」そのとき不意にダニーがまたもやカプチーノに向かって突進した。「だめよ、ダニー！」キャリーはダニーを引き戻したが、慌てた拍子に肘をカップにぶつけた。カップがソーサーの中で揺れ、次の瞬間、泡立ったコーヒーがテーブルにこぼれた。

キャリーは勢いよく立ちあがり、コーヒーをよけた。熱い液体がダニーにかからなかったか、慌てて確かめる。

「熱い飲み物と赤ん坊。いい組み合わせとは言えない」ニックは辛辣《しんらつ》に言って振り向き、カウンターの後ろにいる女性に手招きした。「台ふきを持ってきてくれ」

キャリーはダニーを抱きしめ、こぼれたコーヒーを見つめた。ニックに動転させられ、何を言ったらいいのかわからない。自分の紙ナプキンでコーヒーをふいたが、すぐにぐっしょり濡《ぬ》れてしまい、コーヒーが床に流れ落ちるのを止められなかった。

「行かないと」キャリーはかがんで、コーヒーにまみれたバッグを取りあげた。振り向き、乳母車を取りだそうとする。だがすでにニックが乳母車をつかんでいた。「迷惑をかけてごめんなさい」台ふきを持ってきたウエイトレスに謝り、キャリーはドアへと向かった。

「まだ話は終わっていない」再び人通りの多い舗道に戻ったキャリーにニックは言った。

「いいえ、終わったわ」キャリーは彼が反応するより早く乳母車をひったくった。「私はダニーを家に連れて帰るわ」

「僕が車で送ろう」

「いいえ、結構よ」道路をちらりと見たキャリーは、バスが近づいてくるのを見てほっとした。「ほら、バスが来たわ。ダニーはバスが好きなの」

ニックの答えを待つことなくキャリーは乳母車を小わきに抱え、ダニーをしっかり抱くと、バス停に向かって全速力で走りだした。

彼女が乗ったバスを見送りながらニックは思った。兄がこの世に残したのは、あの赤ん坊だけだ。今晩キャリー・トーマスがダニーを家に連れて帰るのは許そう。だが、僕がダニーをギリシアの家に連れて帰る日はそう遠くない。

3

翌日、ダニーの保育所に急ぎながらキャリーは昨夜のことを後悔していた。何も解決しないままニックと別れたのは失敗だったと思う。彼の意図がわからないという不安に一日じゅう苦しめられたし、ダニーをどれほど深く愛しているかということばかり考えていた。そして今はとにかく保育所に行き、ダニーを無事自分の腕に抱きしめたくてたまらなかった。

不意にキャリーは足を止めた。つかの間、自分の目が信じられなくて通りに立ち尽くす。

ニックが交差点の向こうにあるダニーの保育所の中に入っていくのが見えたのだ。彼はダニーを連れていくつもりだわ！

たちまち鼓動が速くなり、キャリーは駆けだした。通勤客の間を縫って交差点を走り抜け、息を切らしながらブザーをやみくもに押す。

「キャリー・トーマスです！　入れてください」

ロックが解かれるやいなや、階段を二段ずつ駆け上がった。ニックにダニーを連れていかれるわけにはいかない。

階段のいちばん上のドアを通り、廊下を走って乳児室へ行く。ダニーはその部屋のプレイマットの上にいた。何事もなく元気に。

キャリーが名前を呼ぶとダニーはあたりを見まわした。だが次の瞬間、彼女を見つけて小さな顔をしかめ、泣きだした。

「さあ、いらっしゃい」キャリーが子供用の安全ゲートの掛け金を外して部屋に入る前に、若い保育士がダニーを抱きあげた。「今日は一日、ご機嫌斜めだったんですよ」保育士はキャリーに向かって続けた。「ずっとぐずっていて。歯が生えてきているのかもしれません」

「かわいそうに」キャリーはダニーを抱き取って抱きしめた。髪に頬ずりすると不安が和らぐのを感じる。それから少し体を離し、慎重にダニーをのぞきこんだ。頬は赤いが、すでに泣きやんでいる。

不意に廊下から聞こえてきた声に、キャリーははっとした。ニコス・クリスタリスが建物の中にいることを思い出し、気分が悪くなる。

「こちらが乳児室です」すぐ背後でミセス・プルーマンの声が聞こえた。「設備はすばらしいものをそろえました。それに何より重要なのは、乳児二人につきひとりの保育士が担当するということです」

キャリーが振り向くと、目の前にニックの顔があった。保育所にいるのを見つかったことなど、なんとも思っていないようだ。いるべき理由など何ひとつないというのに。キャリーの不安が不意に怒りに変わった。傲慢《ごうまん》な彼は常識など自分には通用しないと思っているのだ。

「あなた、ここで何をしているの？」キャリーは彼に食ってかかった。「ダニーに近寄る権利はあなたにはないはずよ！」

「親切なミセス・プルーマンが保育所の中を見せてくれているんだ」ニックは所長に魅力的なほほ笑みを投げかけ、よどみなく答えた。

「私はこの男性をダニーに近づけたくないんです」キャリーは所長に言った。「彼は信用できません。ダニーを連れ去るつもりなんです。一緒にギリシアに連れて帰ろうとしているんです」

「僕には甥《おい》が面倒を見てもらっている場所を見る権利がある」ニックは答えた。

「でも、あなたはそのためにここへ来たわけじゃないでしょう」キャリーはダニーを守るように抱きしめ、彼をにらみつけた。

「あなたの甥？」ミセス・プルーマンは顔をしかめて言った。それまでニックにいだいていた好印象が、キャリーの反応を見て崩れたようだ。

「ええ、ダニーは僕の甥です」ニックは答えたが、鋭い視線はキャリーに注がれたままだった。「僕がここに来たのには、ほかにどんな理由があるというんだ？」

「私がいない間にダニーを連れ去ろうとしたのよ」

「きみは大げさに反応しすぎる」ニックは落ち着き払って言った。「ミセス・プルーマンが教えてくれると思うが、承認されていない人間が子供を連れ去ることはできないんだ。それに、僕が本当にダニーを連れ去るつもりなら、きみが迎えに来る時刻に合わせてここに来ると思うか？」

「スタッフに私たちが一緒のところを見せるためじゃないの？　あなたと親しいように見せるため？

信用させるため？」キャリーは思いつく限りの理由を並べてみせた。

「きみと一緒にいたら僕が信用されるだって？」ニックはキャリーをばかにしたように見た。あざけりの表情が彼の考えを明確に伝えている。

「私はダニーを家に連れて帰るわ」キャリーは硬い声で言った。「それからはっきり言っておくけれど、二度とここへは来ないで。実際、私もダニーもあなたにつきまとわれたくないの」

キャリーは彼の答えを待たなかった。所長と話すべきだとわかっていた。自分以外の誰が迎えに来てもダニーを渡さないことをはっきりさせておくために。だが今はとにかくこの場所から離れたかった。

乳児室を出てドアを閉め、かがんで収納棚から乳母車を取りだしていると、突然ニックが隣に来て、彼女の手から乳母車を奪った。

「僕に持たせてくれ。一度にあれこれ持って階段を下りるのは危険だ」

「自分で持てるわ、ありがとう」キャリーは乳母車に手を伸ばし、ぴしゃりと言った。

「僕はここにいて、手助けできるんだ」ニックは言い張った。「首の骨を折るという無用な危険を冒す必要はない。それにもっと重要なのは、僕の甥の首も危険にさらされるということだ」

「私は誰の首も危険にさらしてはいないわ」キャリーは言ったものの、背を向け、階段を下りだした。外に出るのが早ければ早いほど、家に帰るバスに早く乗れるだろう。

「僕が家まで送ろう」ニックは通りに出るとそう申し出た。

「あなた、頭がおかしいんじゃないの」キャリーは彼から乳母車を奪い、怒りが鬱積《うっせき》していることをあからさまにした。「あなたと一緒にどこかに行くことなんてありえないわ！」

「僕たちはまだ話す必要がある。昨日は話が終わる前にきみが帰ってしまった。僕はダニーの迎えの時刻を知っていた。だからきみに会うにはその時刻に保育所に行くのがいいと思ったんだ」

「あなたに、ダニーの保育所に入りこむ権利はないわ。それにミセス・プルーマンに、あなたを中に入れる権利も！」それは所長に対する八つ当たりだとキャリーはわかっていた。そして、所長は信じられると自分に言い聞かせても、震えは止まらないのだ。ニックはうまく所長に取り入ったようだ。キャリーが間に合うように着いていなかったら何が起こっていたかわからない。

「僕の甥を、あんなひどい場所に入れる権利は誰にもない。甥がどんな環境で育っているのか、僕は自分の目で確かめたかった。率直に言って、感心しない。甥をあんな劣悪な環境の下でこれ以上過ごさせるわけにはいかない。クリスタリス家の子供が育つ環境じゃない」

「ダニーの名前は確かにクリスタリスかもしれない」ダニーのために慎重に選んだ保育所への手厳しい批判にキャリーは腹を立てながら言った。「だけど、ソフィーとレオニダスはダニーをクリスタリス家の一員としては育てたくなかったのよ」

「あの子の両親は死んだ。今やあの子の責任は僕にある」

「今や？　あの子はもう一歳になるのよ！　生まれてから一年間も面倒を見ないで、何が責任よ！」

そう口にしたとたん、自分の言葉が相手を怒らせたことにキャリーは気づいた。ニックの変わりようにキャリーの血が急激に凍りつく。

「僕はこれ以上ダニーの人生から離れるつもりはない。さあ、どこか話し合う場所を探そう」

「ダニーを家に連れて帰らないと」キャリーはダニーの紅潮した顔を見、額にかかった髪を後ろに撫《な》であげた。額が熱く感じられる。「具合が悪いのに外に出していたらかわいそうだわ」

「だったら僕が家まで送ろう」ニックは舗道のわきに寄ってきた黒いリムジンを指さした。「赤ん坊を寝かせれば、二人で話し合える」

「送ってもらわなくて結構よ、ありがとう。私たちはバスで帰るわ。昨日と同じように」

ちょうどそのとき、雨が降り始めた。大粒の雨が顔にかかったとたん、ダニーが泣きだし、キャリーはうろたえて周囲を見まわした。ラッシュアワーがいちばんひどい時間で、バスや地下鉄は滴のしたたる雨傘を持った不機嫌な乗客たちで混雑しているはずだ。そんな客に押されてダニーの乳母車に倒れこんだりしたら大変なことになる。

「きみがなんと言おうと、僕はきみたちを家まで送るつもりだ。運転手に住所を言ってくれ」

ニックは強引に彼女の腕からダニーを奪い取ると、かがみこみ、すでにリムジンの後部座席に用意してあったチャイルドシートにダニーを固定した。

一分後、根負けしたキャリーはニックとともに豪華なリムジンの後部座席に心地よく腰を落ち着けていた。ダニーは大声で泣いていて、キャリーが何をしても機嫌を直すことはなかった。

保育士は歯が生えてきたと考えていた。彼らは経験も豊富だし、知識もあるはずだ。けれどももしかしたら病気なのではないかと心配になる。ダニーは本当に具合が悪そうだ。けれども私がニックと言い争ったせいで、不安になったのかもしれない。

不意にダニーの泣き声がさらに激しくなった。かわいそうに。ダニーが病気だったら、私には耐えられない。それに病気なら、明日顧客と一緒にスペインには連れていけないだろう。大切な友人であり顧客であるエレインを失望させたくはない。けれどもダニーは何より大切だ。

「ほら、これを」ニックは赤ん坊用のさまざまなおもちゃの入ったバッグをキャリーに差しだした。

キャリーはバッグを受け取り、色鮮やかながらがらを選んだ。それはバッテリーで動いて、音楽を流し、ライトを点滅させるおもちゃらしかった。ダニーはいつもにぎやかなおもちゃが好きなのだ。

ほっとしたことにダニーはようやく泣きやみ、ふっくらした小さな手を伸ばしてがらがらを手に取った。キャリーがボタンを押すと、光の点滅と音楽が始まった。とたんにダニーは大声で泣きだした。

「おもちゃの選択がまずかったんじゃないか」ニックの皮肉な口調がキャリーをいらだたせた。「頭痛がしているなら、そのうるさい音や点滅する光はかなりうっとうしいと思うが」

キャリーは歯を食いしばり、身を乗りだしてスイッチを切ろうとした。頭痛なら私もしている。

「まあ、切るスイッチがないわ」キャリーは腹立たしげに言った。「なんてことかしら！ いったん動きだしたら止められない騒々しいおもちゃなんて大嫌いよ」

「もっと機嫌のいいときならダニーも喜んだと思うが」ニックはいまいましいほど落ち着き払って体を乗りだし、ダニーを見つめた。

ニックの顔がダニーのすぐそばにあった。ニックは見ているだけで何もしなかったが、注意を引いたらしく、ダニーは泣きやんだ。

キャリーは見つめ合うダニーとニックに、いやな予感をいだいた。ようやくがらがらの音楽が終わって不意に訪れた静けさが不吉に思える。

「ダニーをあんな場所に戻すわけにはいかない。見知らぬ他人に面倒を見てもらうなんてごめんだ」

ニックは彼女を振り向かずに言った。だが面と向かって言われたのと同じくらい、キャリーにとって彼の言葉は衝撃的だった。

「いいえ、戻らなくてはならないわ。保育士たちはダニーを愛してくれているし、そうしないと私が仕事に出られないもの」私は生活費を稼がなくてはならない。単純明快なことだ。キャリーは背筋を伸ばし、ニックと彼の尊大な態度を跳ねのけようとした。

「きみのほかの家族はどうした？」ニックは尋ねた。

その質問にキャリーは不意をつかれた。なぜか、自分がダニーと二人で暮らすことになった経緯を彼は残らず知っていると思いこんでいた。

「母は私が幼いころに死んだわ」彼には秘密にしないほうがいいと思い、キャリーはしっかりした口調で言った。だが、声に感情はこめないと決めていた。本心をさらして彼に詮索《せんさく》されたくはない。

「お父さんは？」

「父は母の死からうまく立ち直れなかったの」半年前も父が葬儀に来てさえくれなかったことをキャリーは悲しく思い出した。「父は伯父夫妻と従姉《いとこ》のソフィーの家に私を預けたの」

「きみは伯父さん一家の家族として育った？」

「ソフィーは私にとってお姉さんみたいな存在だった」不意に涙がこみあげ、キャリーはニックに見られたくなくて少し視線を落とした。伯父夫妻との関係が良好だったことは一度もない。不定期に突然現れる父が運んできた養育費のおかげで置いてもらえたのだ。それでもソフィーのことは愛していた。

「きみはあの自動車事故で大きなものを失った」

ニックの声の何かにキャリーは目を上げた。視線が合い、体に震えが走る。潤んだ目を見られているとわかっていても、つかの間、目が離せなかった。

そのときダニーが声をあげ、突然魔法が解けた。

キャリーは赤ん坊を振り返った。いとしさがこみあげる。ニックに奪われるわけにはいかない。今、ダニーと引き離されるわけにはいかない。

孤児となったダニーを引き取ると決めたとき、ロンドンの友人たちは反対した。けれども私にとってダニーがどれほど大切な存在なのか、私の生い立ちを知らない友人たちには理解できないのだ。

ダニーは少し元気になったように見える。頬はまだ赤いし、汗で濡《ぬ》れた額に髪がまつわりついているが、今は大丈夫そうだ。すぐに家に帰れるだろう。とにかく心の中では認めないわけにはいかなかった。いつ止まるとも知れない混雑した公共交通よりリムジンで送ってもらうほうがはるかに快適だった、と。

チャイルドシートの中で居心地よさそうにしているダニーを見下ろしたキャリーはふと疑問に思った。なぜニックはチャイルドシートをつけているのだろう。結婚して子供がいるのかもしれないと考えたとたん、キャリーの胃が締めつけられた。法廷で争った場合、甥を養子にするなら、家族持ちの男性であるほうが、独身のビジネスマンより有利なのでは？

「あなたとあなたの奥さんには子供がいるの？」キャリーは唐突に尋ねた。

「なぜそんなことをきく？」

その表情から、彼が質問の意図を誤解したのだとわかる。「あなたはチャイルドシートを持っているでしょう」キャリーは淡々と言った。彼の意味ありげに光った目に不意に鼓動が速くなったことを悟られるつもりはない。ニックが女性に言い寄られることに慣れているのは間違いない。しかし私には自分のことより考えなくてはならないことがたくさんある。

確かに彼は今までに出会ったどんな男性よりもすてきだし、最初はすごく魅力的だと思った。けれどもそれは彼の正体を知る前の話だ。ダレンの書斎でのあのキスは驚くほどすばらしかった。経験不足の私は、キスにあれほど興奮させられるとは思ってもいなかった。けれど、あのときはまだ彼が私とダニーにとって脅威となるとは知らなかったのだ。

「僕は結婚していない。今のところ子供もいない」

ニックはすらすらと答えたが、細められた目が彼女を見すえていた。「しかしながら、僕の結婚状況に関してはのちほど話し合おう」

「話し合いはすでに終わったと思っているわ」私がいちばん望んでいないことはニックが私に興味を持つことだ。さらに悪いのは、私が彼に興味を持っていると彼に思われることだ！「あなたの結婚状況なんて、私にはなんの興味もないわ」彼女は慌ててつけ加えた。

「本当に？　きみは理由があってきいたのだと思ったが。僕がチャイルドシートを自分のリムジンに取りつけている、もっと差し迫った理由をね」

「私は世間話を試みただけよ」

ニックはばかにしたようにほほ笑んだ。キャリーは顔をそむけ、色つきの窓越しに雨に濡れた通りを見やった。だが彼をやりこめられるような辛辣《しんらつ》な言葉を必死に考えているうちに家に到着していた。

ダニーが病気でないとわかるまで帰らないと言い張って強引に家に入ったニックは、ひとつだけある肘掛け椅子に腰を下ろし、キャリーが手際よく部屋を片づけるのを見ていた。彼女はまだ仕事着らしいスポーツウェアを着ている。ニックは、手も脚も長いながらも女らしい曲線美を持つ彼女の体に下腹部がうずくのを感じていた。

彼女の体がみごとに引きしまっているのは間違いない。そのうえ、キッチンとダイニング、それに居間としても使うらしい部屋できびきびと動く彼女は、信じられないほどセクシーだった。

部屋は狭かった。それでもキャリーがダニーのおもちゃや服を片づけると、完璧《かんぺき》に整理されているのがわかった。はやりのデザインは、若い独身女性の、義務も責任もないのんきなかつての彼女の日々を物語っていた。だが子供の品々はきちんとおさまっていて、なんの違和感もなかった。

ダニーは寝室で寝ていた。子供用の痛み止めと温かいミルクを飲んで、抱っこされているうちにすやすやと眠ったようだ。どうやら病気ではないらしい。

彼女が赤ん坊の世話をするのを傍観していたニックはすっかり感心していた。自分が目にしたことに驚いたといってもいい。

最初に会って以来、彼女は神経質で、温かな母親タイプではないと考えていた。これほど穏やかで子供に愛情深いとは思っていなかったのだ。

だが、彼女の母親役を評価するとしても、計画を変える気はなかった。自分の甥がこんなふうに育てられるのは我慢できないし、どれほど母親役に熱心でも、彼女は独身だし、フルタイムの仕事を持っている。〈クリスタリス・インダストリー〉という後ろ盾を持つ自分と比べて、どれほどのことができるだろう。

たとえば、このフラットはあまりに狭い。寝室もダニーが成長したら、キャリーのダブルベッドの隣に、追加のベッドを入れることはできないだろう。

キャリーのベッドのことを考えたとたん、ニックの血が騒いだ。キャリーが誰かとそのベッドをともにするという耐えがたい考えがわいたとたん、ニックはこぶしを握るまいと懸命に指を伸ばしていた。

「とりあえずこれでいいわね」

腰に手を当てて動きを止めたキャリーの声にニックははっと我に返った。

「コーヒーはどう?」

「ありがたい」物思いにふけってぼんやりしていたにもかかわらず、ニックはよどみなく答えた。やかんに水をくむキャリーを見つめる。

なんてことだ。だが、彼女はすばらしい！　キャリーは彼に背を向けたまま伸び上がって高いところにある棚からマグカップを取ろうとしていた。その単純な動作のせいで、Tシャツがめくれ、形のよいヒップと脚を包む黒のストレッチパンツとの間から、白い肌がのぞいた。思いがけず、ニックは強烈な欲望に駆られた。

もちろん、彼女は容姿端麗だ。僕は血の通った男性で、彼女を見た瞬間からそのことには気づいていた。だが、突然彼は息もできないほどの激しさで彼女を欲しいと思った。

あの白い肌の感触が、あのしなやかな体が自分と合わさったときのことが思い出された。昨日のキスのことを考えたとたん、心臓が早鐘を打つ。

あれはダレンの気をそらした隙《すき》にポケットに携帯電話を戻そうと企てたキスにすぎない。ところが、いったん彼女の柔軟な体を抱き、第二の肌のようにぴたりとひとつになると、ニックは欲望に屈しそうになった。それに、自分を抑えることができなかったら今だって、彼女を抱いてもう一度キスしたいという衝動に負けていただろう。

だが、それほど悪いことなのだろうか？

ニックの理性は、難しい状況をさらに複雑にするのは避けるよう言っている。すばらしい女性とのつかの間の火遊びだけではすまなくなる、と。一方、僕は危険を避けて通らないタイプだと自他ともに認めている。今も本能は、彼女を抱き寄せ、しゃにむにキスしてしまえとそそのかしている。キスをしても彼女は拒絶しないだろう。彼女は僕を見ている。それに、昨日のキスへの反応……。

「あいにくインスタントだけれど」肩越しに振り返って言うなり、キャリーは息をのみ、警戒の目で彼を見た。彼の激しい表情に鼓動が速まる。彼は危険に見える。今にも椅子から飛びだして襲いかかってきそうに見える。彼は何をするつもり？

「インスタントで結構」

彼女の体を見るニックの目つきに警戒し、キャリーの肌がかっと熱くなった。カウンターの端をつかみ、再び前を向いて不意にこみあげた不安と興奮を無視しようとする。どうしてニックはあんな目で私を見ているの？　背筋に震えが走り、キャリーは落ち着こうと努めた。「ミルクとお砂糖は？」振り向かずに尋ねる。

「いや、いらない」

キャリーは自分用のミルクを取りに狭いキッチンを歩いて冷蔵庫まで行った。彼の視線が自分の一挙手一投足に注がれるのをひしひしと感じる。

こんなの、ばかげているわ。私はフィットネス・インストラクターよ。人に体を見られるのは慣れているはずでしょう。毎日自分の体や筋肉の動きを隅々まで見られているのよ。

しかし、冷蔵庫から紙パック入りのミルクを取りだそうとかがんだとき、キャリーは自分の体をかつてない形で意識した。自分に注がれる彼の視線を感じると、すべての行動が性的なものに思える。ニックが自分の姿勢や筋肉の動きに注目していないのはわかっていた。彼が考えているのはセックスのことだ。そう察すると彼女の全身が震えだした。

キャリーは背を起こし、カウンターと向かい合って自分のマグカップにミルクをついだ。だが彼女のひどく興奮した体はいつものように正確には動かなかった。紙パックが滑ってカウンターにぶつかり、跳ね上がったミルクが手と腕にかかる。

「僕がやろう」

キャリーが驚いたことに、ニックはすぐ後ろにいた。「大丈夫よ」ミルクのかかった手をぼんやり見つめながら答える。ニックが背後に立っていることにまったく気づかなかった。彼はあまりに近い。ペーパータオルに手を伸ばしたら、彼の胸とぶつかりそうだ。彼が腕を私にまわしたら、私たちは初めて会ったときと同じくらい情熱的にキスをしてしまうだろう。

　彼はダレンの書斎で私に不意打ちを食らわせた。だがショックだったのは、熱狂的に反応した自分の体だった。二度とあんなことを許すわけにはいかない、とキャリーはわかっていた。にもかかわらず、体の奥でめまいがするような欲望が高まっている。抱き寄せられたら、何も考えられなくなりそうだ。

「見せてごらん」ニックは一歩近づき、両手をそっと彼女のウエストに添えた。

　キャリーは息をのみ、振り向いて彼の顔を見た。体を回転させたとき、彼の両手がむきだしの肌に触れた。肌をかすめる彼の手の感触に、とめどなく震えが走る。彼も気づいたに違いない。彼はまだウエストに触れているのだから。

　まるで傷でも受けたかのように、キャリーはミルクに濡れた手をおそるおそる差しだした。指を曲げて手のひらを上にしたのは、本能的にこぼれたミルクをこぼさないようにしたからだ。

　ニックが手を放すと、キャリーの体が揺れた。しかし、直後に彼はもう一度彼女を支えた。片方の手で優しく腕をつかみ、もう片方の手で彼女のミルクに濡れた手を包む。

　キャリーは彼に握られた手を見下ろした。彼は手を握っているだけだ。だがなぜかひどく親密に感じる。彼女の中で期待が高まり、唇を神経質になめる。

「ペーパータオルが向こうにあるわ」声がかすれていることに気づかないまま、キャリーは言った。

「少しミルクがこぼれただけだ。タオルなどいらない」

　彼がゆっくりと彼女の手を唇に持っていった。キャリーの目はその動きを追った。彼が何をするつもりなのか、あえて考えようとはしなかった。

　不意に手のひら越しに彼の青い目を見ていること

に気づいた。手に彼の熱い息を感じる。キャリーはごくりと唾《つば》をのみこんだ。

彼の唇が開いた。キャリーは彼の燃えるようなまなざしに魅入られたまま、彼の舌が指についたミルクの滴をなめ取るのを見ていた。

驚きの息をのみ、キャリーはぼんやりした頭で手を引っこめることを考えた。だが混乱する思考がまとまるより早く、彼はその指をくわえていた。

衝撃が走った。彼の口の熱が全身に広がる気がする。指に触れる彼の舌の感覚が欲望の津波となって襲いかかる。自分が何をしているのか気づかないまま、キャリーは唇を開き、小さな吐息をもらした。

ニックは彼女に視線を据えたまま反応を観察していたが、すぐに彼女を引き寄せた。指を口から引き抜き、今度は舌と唇を使って手のひらをそっと噛《か》んだり、じらしたりする。

キャリーは震えた。過敏になった神経の先端をどれほど刺激されているか、彼に悟られたくなかった。けれど、手を振り払うことはできなかった。彼はさらに彼女を引き寄せ、手首の内側の敏感な場所に唇を移し、脈打つ場所を舌の先端ではじいた。

彼女の呼吸が速まり、呼応して鼓動も速くなる。キャリーは目を閉じ、全身を急速に征服していく反応を止めようとした。だが反応はおさまるどころか、目を閉じたせいでニック以外のすべての現実が完全に切り離されていた。キャリーの意識は彼にどんなふうに感じさせられているか、それだけに集中した。

彼にキスしてほしい！　彼の唇を自分の唇に感じたい。彼の舌が自分の舌とからみ合うのを感じたい。

息遣いが荒くなった。なんとか別のことを考えようと試みたができない。不意に彼が手を放していたことに気づき、ぱっと目を開くと、彼の顔が目の前にあった。

時が凍りついたように感じた。だが、それもつかの間だった。彼が両手で彼女の頬を包み、少し顔を傾けて、キスしようとしているのがわかる。

唇と唇が重なると、彼女の世界は驚くほど熱狂的な欲望に満たされた。

キスをされた瞬間、キャリーは唇を開いていた。二つの舌がエロティックなダンスを踊りながらもつれ合う。彼女の体が震えた。耳の中でどくどく流れる血と強烈に高まる興奮に圧倒され、支えを求めて彼の力強い腕にしがみつく。

キャリーがまともな頭で最後に考えたことは、昨日はキスの効果を想像していなかったということだ。そして彼女は目を閉じ、骨抜きになった体を駆け巡る興奮の波に身をゆだね、我を忘れていった。

キャリーは両手を滑らせてニックの広い肩にまわし、自分の体を押しつけた。彼の体は心地よかった。たくましくて力強い。腕をさらに背中へとまわすと、シャツ越しに彼の体のぬくもりが感じられた。彼の肌に触れたかった。手のひらで筋肉の動きを感じたかった。

そうしている間もキスは続いていた。お互いの欲望の激しさがわかるキスだ。だがしだいに息苦しくなり、頭がくらくらしてくる。ようやく彼が唇を離したとき、彼の息もかすれていた。

目を開くと、ニックの顔が目の前にあった。不意に現実の世界に引き戻される。私は完全に我を忘れていたの？　どうしてあんなふうに彼にキスをさせてしまったのだろう。

「あなた、何をしているの？」ひどくうろたえているのが自分でもわかった。

「きみが嫌うことは何もしていない。それは確かだ」

「私は嫌いだったわ」一歩あとずさったキャリーは、キッチンカウンターにぶつかった。私はどうしてしまったのだろう？　今までに我を忘れたことなどない。まわりのことが何もかもわからなくなるほど、むきだしの欲望に自分が圧倒されるようなことがあるとは思ってもいなかった。

「いいや、きみは嫌っていなかった」彼は目に危険な光をたたえて言った。「もう一度僕がキスをしても拒まないはずだ。嘘《うそ》をつくな、キャリー。僕たちが感じたものを僕は知っている。僕たちを引き合う力は信じられないほど強いんだ」

「私たちの間には何もないわ」

キャリーは矛盾する思考や感情と闘いながら彼を見つめた。二人の間に何もあってほしくなかった。

結局、ニックは私の人生に無理やり入りこみ、私を動揺させ、ダニーを連れていくと脅している。しかし同時に、キャリーは彼の腕の中に戻り、再び彼にキスをさせたかった。彼が私にしたいことをなんでもさせたかった。

かつてこれほど私の肉体を興奮させた男性はいない。けれどもそれは単に体だけのものだ。私の体がひとりの男性にこれほど激しく反応できるとは知らなかった。しかも心まで圧倒されるとは。彼の腕の中にいるとき、考えられるのはそれがいかに気持ちいいかということだけだった。

「ついさっきまで、きみは僕と同じようにそれを欲しいと思っていた」

「あなたは間違っている」キャリーはカウンターに寄りかかり、床を見下ろしながらつぶやいた。ああ、なぜ私は彼にキスをさせてしまったのだろう？

「僕は間違っていない」彼は一歩つめ寄り、彼女の頬を撫でた。

とたんに体が反応したが、キャリーは胸を反らし挑戦するように彼を見返した。肉体の欲望に屈するわけにはいかない。

「あなた、頭がおかしいのよ！　しかも傲慢で、それに……それにもう帰る時間だと思うけど」

「僕はまだ帰らない。僕たちにはまだ話し合うべきことが残っている」

「もうこれ以上そのことを話すつもりはないわ。あれは間違いだった。二度はさせないわ」

「きみはキスごときで何を大騒ぎしているんだ？　僕は結婚していないし、きみも未婚だ。それとも、きみには恋人がいるのか？」不意に鋭い目つきになって彼は尋ねた。「それで動揺しているのか？」

「いいえ！　でも、そんなことはあなたには関係のないことよ。それにすでに話したけれど、あなたの結婚状況にはなんの関心もないわ」

「きみは恋人をつくるとき、相手が結婚しているかどうか気にしないのか？」

「もちろん、気にするわ。でも、あなたが私の恋人になるようなことは絶対にないのに、どうしてあなたが結婚しているかどうかを気にしなくてはならないの？」彼とベッドをともにするという考えに興奮が体を駆け抜けるのを感じ、キャリーは慌ててその考えを打ち消した。

「恋人にならないと言い切るのはやめてくれ。たった今自分たちが何を感じているか、僕もきみもわかっているはずだ。それに車の中できみは僕が結婚しているかどうか、単刀直入にきいた。だから、僕に興味を持っていると思ったんだ」

「あなたには子供がいると思ったのよ。チャイルドシートやおもちゃがあったから。それだけだわ」

「もちろん、あれはダニーのために用意したものだ」ニックは驚いたようだ。「ダニーのものを何も用意しないで僕が来ると思うのか」

「なんの用意？」キャリーは警戒して尋ねた。「あなたは私の許可なくダニーの保育所に行った。あの子の誘拐を計画していたのよ！　だからあんなものを持っていたんだわ！」

「きみは本当にたくましい想像力の持ち主だな」ニ

ックは口もとだけでほほ笑んだ。

「だったら、なぜミセス・プルーマンと、保育所から子供を連れだせるのは誰かを話し合ったりしたのかしら？　彼女から承認された人間でないと子供を連れていけないと聞いたそうじゃない。つまりあなたがそのことについて尋ねたからでしょう」

「すでにきみには話したが、僕はダニーが保育を受けている場所を確かめたかったんだ。保育所でダニーがどの程度安全か知りたかった」

「あなたはダニーを連れ去ろうとしていたのよ！」ニックが最初からそのつもりだったのだと確信し、キャリーは息をあえがせた。「あなたはダニーを誘拐してギリシアに連れ帰るつもりだったのよ」

出会ったときからニックのことは疑っていた。だが、彼はその強烈な性的魅力で彼女の気をそらし、混乱に陥れたのだ。今やダニーを連れていかれるのではないかという脅威は現実のものとなった。それが何より問題だ。

「あなたにダニーは渡さないわ、絶対に」

「きみに黙ってダニーを連れ去るようなことはしない」ニックは怒りに目を光らせながら言った。「きみは僕をどんな男だと思っているんだ？」

「赤ん坊に近づくためだけに母親を誘惑するような男よ！」

「きみは母親じゃない。それに僕たちの間で起こったことはダニーとは関係がない」

「ダニーに関する権利なら、私はあなたと同じはずよ」ダニーを失うかもしれないという恐怖が、しだいに怒りに変わってくる。「私からダニーを奪うことはできないわ、絶対に！」

キャリーは手を腰に当て、彼の目をにらみ返した。

我が子のように愛している子供を簡単にあきらめるつもりがないことを彼はすぐに知るだろう。

「ばかばかしい。どうしてきみはそんなふうに騒ぎたてるんだ？　僕は約束した。きみに無断でダニーを国外に連れ去るようなまねはしない、と」

「つまり、あなたはまず私に言ってからダニーを連れていくつもりなの？　すてき。それを聞いてどれだけ安心したか！」

「いいや、僕はまだ、お互い大人として振る舞える土台をつくっている」ニックは冷たく言った。「僕たちは話し合いで合意できると思っている。ダニーにとって最善と思える、お互い利益のある取り決めができるとね」

「あなたは何もかも決めてかかっているわ！」

「お互い大人として振る舞えるということを？」彼の口調にはあざけりがこもっていた。

「ダニーを仕事の取り引きか何かのように扱っていることよ。ダニーは人間よ。それに私たちが〝お互い利益のある取り決め〟に合意することはないわ。ダニーは誰かの所有物ではないの」

4

地中海の照りつける日差しを背中に浴びながら、キャリーはプールサイドのテーブルに腰を下ろし、顧客のエレインがトレーニングをしに別荘から出てくるのを待っていた。雑誌のグラビアを繰りながら、ニコス・クリスタリスのことを頭から追い払おうとする。スペイン領のメノルカ島で静かに三日間過ごしたあとでさえ、神経がいらだっていた。

ここにいれば、ニックがダニーに手を出すことはできない。キャリーは陰鬱《いんうつ》な気分で考えた。あるいは私に。そう考えたとたん、日差しの熱さにもかかわらず、背筋に震えが走った。

あの晩、ニックは私の部屋を去るとき、猛烈に怒っていた。けれども私が帰ってほしいと重ねて頼むと、何も言わずに帰っていった。たぶん負け試合だと悟ったのだろう。あるいは私が決してダニーをあきらめないとわかった？

だとしても、ニックのような男性があっさり引き下がるだろうか？　彼は欲しいものを手に入れるためならなんでもするタイプに思える。ニックがしそうなことを想像し、キャリーはまた身を震わせた。

ダニーをメノルカに連れてきてよかったと思う。この旅は何カ月も前から予約されていた仕事だが、キャリーにとっては絶好のタイミングだった。ニックとの問題はいまだ解決してはいないものの、突然、何もかもがあまりに深刻になっていた。キャリーにはひと息つく時間が必要だった。

この旅のことをニックに知らせるかどうか迷ったが、結局は知らせないと決めた。なぜ彼に教える必要があるだろう？　彼が私に気遣いを示してくれたことは一度もないのだ。彼がダニーをギリシアに連れて帰ると言い続けていることで、キャリーは本気で心配し始めていた。それにあのとき、自分が保育園に着くのが間に合わなかったらどうなっていたかという恐怖をまだぬぐえずにいた。保育園では子供を渡す相手を厳しく定めているが、ニックならその魅力にものを言わせて、間違いなく相手を丸めこんでしまうはずだ。

「ごめんなさい、待たせたわね」プールサイドのテーブルに早足でやってきたエレインはタオル地のバスローブを脱ぎながら言った。

友人が腰を下ろすのを見て、キャリーはほほ笑んだ。「本当よ、待ちくたびれたわ。太陽が照りつけるなかで雑誌を読んでいたんだけれど……」

キャリーは木陰をちらりと見やった。エレインの子守と、十歳になる双子の少女たちがダニーと遊んでいる。楽しそうな笑い声を聞けば、ダニーがどれほど喜んでいるかがわかる。

メノルカの滞在は楽しかった。二人とも変わりばえのしない日常を離れ、いい気分転換になっている。キャリーにとって冬は長く厳しかったし、今は五月初旬とはいえ、今年のロンドンは暖かい日が少なくて、しばらく国外へ脱出できるのは願ってもないことだった。地元の公園の、鳩《はと》が群れる退屈な小道でダニーの乳母車を押すより、スペインの太陽を浴びてプールサイドでくつろぐほうがいいに決まっている。

「ダニーも楽しんでいるようね」エレインも子供たちを見やり、ほほ笑んだ。「娘たちもダニーがいて喜んでいるみたい。娘たちがあまりちょっかいを出して困るようなら、遠慮なく言ってね」

「すてきなお嬢さんたちね」少女たちがことあるごとにダニーをかわいがってくれることを思い出して、キャリーは言った。「私がどれほどダニーを愛しているかはわかっていると思うけれど、誰かがダニーと遊んでくれているのを見ながらリラックスできるのはすばらしいわ」

「そういった時間はあまりないのよね？　あなたは働きすぎよ。生活費を稼ぐ必要があるのは知っているわ。でも、時間はあっという間に過ぎて、取り返すことは二度とできないのよ」

「わかっているわ」キャリーは不意に罪の意識を感じた。ときどき生活がもっと楽だったら、と願ってしまうのだ。ダニーがもっと大きくて世話が楽だったらいいのに、と。仕事とダニーの世話が生活のすべてで、社会との接点が事実上なくなっている気がする。

「何かおもしろいゴシップでも載っていた？」エレインが身を乗りだし、雑誌をのぞきこんで尋ねた。

「どうかしら。ちゃんと読んでいたわけじゃないの」キャリーは無意識のうちに、知った顔を捜しながら有名人の写真に目を走らせた。

　彼女の顧客の多くは有名人だ。それに過去にはもっと有名な人々と仕事をしたことさえある。ダニーの面倒を見るようになってからは、客の大半を失わざるをえなかった。常連客から頼まれる時間外のトレーニングが保育園との時間と合わないのだ。客をがっかりさせるのはつらかった。だがいちばんに考えなくてはいけないのはダニーのことだ。

　ジムでパートタイムの仕事を見つけられたのは幸運だった。それに残りの時間は、エレインのような、昼の間にトレーニングできる顧客に当てられる。

「まあ、見て、これはルルとダレンよ」キャリーの手から雑誌を奪い、エレインは言った。「この人もあなたのお客じゃない？」

「ええ」ルルのことより先に、ダレンの書斎でキスしてきたニコス・クリスタリスのことを考えた自分に動揺しながら、キャリーは答えた。

「もうそうじゃないかもよ。見て、ダレンが妻を追いだしたって書いてあるわ」

「なんですって？」キャリーは驚いて雑誌を奪い返し、テーブルの二人の間に置いた。もしかして私のせい？　ニックに邪魔されなければ、私がダレンの携帯電話を持ちだせたのに。

「記事によると、彼女、ほかのサッカー選手と浮気をしていたんですって。先週のパーティでダレンは二人が一緒にいるところを見つけたそうよ。それでひどいけんかになって、最後には彼がルルを追いだしたというわけ」エレインが解説した。

「まあ、なんてひどい！」キャリーはルルに同情を感じたものの、携帯電話を取ってきてくれと頼まれたとき、実際には何が起こっていたのか疑わずにはいられなかった。

　二人は目の前の写真の証拠を見つめた。ダレンとルルが口論しているように見える一連の写真、それに続いてルルが泣きながら家を出ていく数枚の写真。

パーティに来ていたほかの客の写真も多数載っていた。有名人のものもあれば、あまり有名でない人のものもある。けれどもそのすべての人が進んで写真に撮られているようだった。いかにメディアが気まぐれかを考え、キャリーは顔をしかめた。自分に都合のいいときは人を持ちあげるのが好きだが、もっと好きなのは、人を引きずり下ろしておもしろい記事にすることなのだ。

「まあ、あきれた。これを見て！」エレインが、キスしているカップルの写真を指さしながら言った。顔を押しつけ合っているので誰かはわからないが、性的なものをにおわせる格好でからみ合っているのは確かだ。「なんて、いやらしい！　いったいどういうパーティかしら？　あなたも招待されたの？」

「まあ、何これ？」キャリーは写真を見ながら血が凍りつくのを感じた。

ああ、神様！　それは紛れもなく、キャリーがニックにキスをされている写真だった。

「有名人のパーティで何が起こっているのか、読者は不思議に思うでしょうね。なかには恥知らずな人もいるのよ。こういった雑誌に写真を載せてもらうためなら、なんでもする人が。あなたもこの人たちを見ていたの？」

「いいえ……パーティには出なかったから」キャリーは口ごもりつつ答えた。心臓が早鐘を打ち、胸が悪くなる。「さあ、トレーニングの準備はいい？」キャリーは唐突に話題を変えた。体が震えていることをエレインに気づかれないよう祈って。

エレインは笑って雑誌をテーブルに戻した。「だから私はあなたが好きなのよ！」笑みを浮かべて続ける。「集中力があって、決して私のトレーニングの時間を無駄にさせないから」

二人はキャリーが考えた水中エアロビクスを始め

た。手術を受けたせいでしばらく運動できなかったエレインが妹の結婚式できれいに見えるようになることが今回の目的だ。

すぐに二人は水中エアロビクスに夢中になった。クールダウンの終わりにきて、ストレッチをする段になると、キャリーは失望を感じたほどだった。

「すごく楽しかったわ」エレインはプールから上がり、濡《ぬ》れた髪をかきあげながら言った。

「楽しんでもらえてよかったわ。明日もやりましょうね」

プールを上がってタオルで顔をふいていたキャリーは背筋に震えが走るのを感じた。何かがおかしい。口を開こうとしていたエレインが不意に黙ったのだ。

「どうしたの?」キャリーは、今も木の下で遊んでいる子供たちのほうを見やって尋ね、それからエレインに視線を戻した。

「あれは誰? ジョンに話しかけているのは?」

キャリーは振り向き、エレインの困惑した視線を追って私道のほうを向いた。私道ではエレインの夫のジョンが、背の高い黒髪の男性と話している。

あれはニコス・クリスタリスだ。

「まさか! ありえないわ」キャリーは喉をごくりと鳴らした。「どうやって私がここにいることを突き止めたのかしら?」

「誰なの?」エレインは鋭い目つきで尋ねた。「あなた、何かのトラブルに巻きこまれているの?」

「それは……それは……」不意に唇が乾き、声がかすれた。キャリーはその場に立ち尽くした。自分の目が信じられなかった。

ニックはキャリーを見つめた。

彼女とダニーを見つけた満足感が、こみあげる怒りと溶け合う。僕がキャリーのジムの同僚から行き先を聞きだし、わざわざスペインにやってくるという手間をかけている間、彼女はのんびり太陽を浴びてプールではしゃいでいたのだ。僕の住んでいる世界の常識ではありえないことだ。彼は振り向き、庭をさっと見渡した。

ダニーは楽しそうだし、よく面倒を見てもらっているようだ。だからといって、キャリーが僕に黙ってダニーを国外に連れだした事実を許すわけにはいかない。彼女がここに仕事をしに来たことはわかっている。それでも、許せない。そのとき、手のひらに鋭い痛みが走り、彼は気づいた。爪が食いこむほどこぶしを握りしめていたことに。

ニックは注意をキャリーに戻した。思いがけず、一緒に過ごした先日の夜の記憶がよみがえる。さらに悪いのは、彼女がちょうどプールから上がってきたところだったということだ。小さなビキニ姿で、濡れた体を輝かせながら出てきた彼女を見たとたん、体の熱い反応を制御できなくなった。

「僕はミス・トーマスと話す必要があるんです」ニックはこの別荘の所有者であるイギリス人紳士にぶっきらぼうに告げた。有無を言わさぬ口調だった。

キャリーがプール越しにこちらを見ていた。僕を見てショックでよろめいたのは先ほど目にした。だが今、彼女はもうひとりの女性に話しかけながら子供たちを見やっている。

ニックは大股で歩いていって、キャリーの前に立ちはだかった。彼女は白い頬を紅潮させ、その場に立ち尽くしたまま彼の顔を見上げた。

「あなた、ここで自分が何をしているか、わかっているの?」キャリーは腰に手を当て、黒髪を後ろに払った。「どうやって私たちを見つけたの?」

「きみのジムの同僚が大いに協力してくれたよ」彼らの口を開かせるのはたやすかった。

「彼らに教える権利はないのに。それにあなたにだって、私の顧客の家にぶしつけに入ってくる権利はないわ。私は仕事をしているのよ」

「僕は自分の甥《おい》の幸せを心配するすべての権利を持っている」ニックは彼女のすばらしい体を見下ろしたいという欲望をこらえ、彼女の顔を見すえた。

「だったら、ごらんのとおりよ。ダニーは幸せにしているわ」キャリーは胸の前で腕を組んだ。「もっともそんなこと、あなたにはなんの関係もないことだけど。私がダニーの面倒を見て、ダニーにとって何がいちばんいいかを決めるわ」

キャリーは冷静でいようと決め、彼を見上げた。けれどもビキニしか身につけていない姿では落ち着かない。

プールサイドは暑かった。だがスペインの太陽の熱など、彼の熱い視線に比べれば、ささやかなものだった。彼女はそわそわせずにはいられなかった。爪先を曲げ、両腕を下ろしてからもう一度腕を組む。

「今のところ、きみはダニーの保護者かもしれない」ニックは言った。「だが今回のようにまた僕を出し抜くことがあったら、そのときは自分が誰と衝突しているか、思い知るはめになるぞ」

「私が簡単に降参してあなたの好きにさせると思っているの？　ダニーは私のすべてなの。あなたとの衝突を私が気にすると思う？」

その言葉を口にしたとたん、キャリーはその言葉がどう聞こえるかに気づいた。思わず視線を下ろし、彼の広い胸を見る。その胸に衝突したときの感覚を彼女は正確に覚えていた。同時にその記憶に反応する自分の体を止めることができなかった。

キャリーは〝筋肉の記憶〟についてすべてを知っている。筋肉は、ダンスや運動の中での一連の動きを、それ自身で記憶しているようなのだ。だが〝体の記憶〟については聞いたためしがなかった。間違いなく彼女は今、それを経験していた。全身が、ダレンの机の上で、彼に体を押しつけられて身を反らしたときの記憶でざわついている。もしもあそこでやめていなかったら、彼女の体は勝手に彼の胸に飛びこみ、彼とひとつになっていただろう。

ニックが目を細くして、にやりとした。「実際、僕にはわかる。きみがまた僕に〝衝突〟したら、きみがそれを気に入ることがね」彼は首をかしげ、彼女の裸に近い体に思わせぶりに視線を走らせた。

彼の視線は手で触れられたのと同じくらい強烈だった。視線の通った跡がひりひりし、彼女の体の奥でゆっくり欲望の炎が燃えだした。

キャリーは鋭く息をのみ、守るように両腕で胸を抱いた。けれども濡れたビキニの下で硬くなった胸の頂に彼が気づかないとは思わなかった。

とにかく自分の体がこのように反応することに慣れていないキャリーはどうしたらいいのかわからなかった。困惑するほど強い欲望を感じられるとは、自分でも知らなかったのだ。

「この男性には帰ってもらったほうがいいのかしら？」それまで口を挟むのを控えていたエレインが尋ねた。前に進み出て、キャリーにバスローブを渡す。「あなたがこの家にいる間に誰かに煩わされるなんて、ジョンと私は耐えられないわ」

キャリーは少し振り向き、ありがたいと思いながらバスローブを着た。きつくベルトを締め、見せかけだけの自信をこめてニックの顔を見上げる。エレインと彼女の夫にニックを追いだしてもらいたかった。一方、今、自分とニックが抱える問題を解決しなくてはならないことはわかっていた。それになぜか、ニックがその気にならなければ、誰にも彼を追いだせない気がした。

「ミス・トーマスと僕はまだ話し合いが終わっていない」ニックは横柄な口調で答えた。「よかったら、しばらく二人きりにさせてもらえないか」

「ちょっと待ちなさいよ……」エレインは気色ばんだ。

「大丈夫よ」キャリーは明るく、自信に満ちた口調をつくって友人を制止した。「私とミスター・クリスタリスは解決しなくてはならない問題を抱えているの」

「だったら、私はジョンと一緒に中にいるわ。必要なときには私を呼んで」彼女はニックをひとにらみしてからきびすを返し、しぶしぶ芝生を歩いて子供たちと子守の女性を呼びに行った。

キャリーはニックを振り向いた。彼はダニーを抱きあげて別荘の中に連れていくエレインの姿を追っていた。その思いつめた表情を見て、キャリーの体が震えた。

ニックは彼らが別荘の中に消えても、さらにしばらく暗い内部を見続けていたが、やがて不意にその鋭い視線を彼女に戻した。

待ち構えていたキャリーは彼が口を開くより先に、話し始めた。

「これははっきりさせておくけれど、ここへ無断侵入して私に説明を求める権利なんてあなたにはいっさいないのよ。私の計画をあなたに報告する義務なんてないんだから」

「ああ、きみに義務はない。少なくとも今はまだ。だが、社会の常識としてはどうだ？」

「常識ですって？　おもしろいわ、あなたがそんなことを言うなんて。自分がしたいという理由だけで、見知らぬ相手に力ずくでキスするようなあなたが。招待されてもいないのに自分の都合だけで他人の家に押し入るようなあなたが！」

「そしてきみは完璧《かんぺき》だというのか？　僕が国外にダニーを連れだそうとしていると、きみは非難した。今きみがしていることは、まさにそれだ」

「私はダニーを誘拐したわけじゃない。ダニーをどこへ連れていくかは私の責任で決めるわ」

「そして、他人のことなど考えずに自分の好き放題にするのか？　僕は約束したはずだ。きみに断りもなくダニーをどこへも連れていかない、と。なのに、きみはその数時間後にはダニーを連れて飛行機に乗ることを計画していたんだ！」

「それは違う――」

「きみはご親切にも今になって計画を説明してくれるつもりか？」ニックは冷たく遮った。まるでどんな弁解にも耳を貸さないとでもいうように。「メノルカにはどれくらい滞在するつもりだ？　ここを出たらどこに行く？」

「私はここにエレインの家族と来週の金曜までいる予定よ」キャリーは静かに言った。不意に二人の関係をこれ以上悪化させてもなんの得にもならない気がした。「それからロンドンの自分のフラットに戻り、いつもの生活を続けるわ」

「わかった。きみはここに滞在して残りの仕事を片づけるといい。だが、これだけははっきりさせておく。きみが将来も同じように仕事ができると僕が同意したわけじゃないと」

「私の仕事はあなたにはなんの関係もないでしょう。あなたの許可なんて必要ないわ」キャリーは憤慨して言った。「これからもその意見を変えるつもりはありませんから」

「だが、きみとダニーがどこに出かけ、誰と会うかは僕の関心事だ。僕もその主張を引っこめるつもりはない。しかしきみはそれを受け入れたくないようだから、僕がロンドンに戻って仕事を片づける間、部下を残していこうと思う」

「私を見張らせるために人を残すつもり？　自分をいったい何様だと思っているの？」

「僕が誰か、きみは知っている。僕は自分の正体を隠そうとしたこともないし、自分の意図を誤解させようとしたためしもない。逆に、きみはそうした輝かしい行動記録を持っていない。僕たちが最初に会ったときにきみがたくらんでいたことを忘れたわけではあるまい」

「私は何もたくらんでいなかったわ」キャリーは頬を赤らめながら言った。さまざまな映像がどっと脳裏によみがえる。ダレンの書斎で、携帯電話を取りだそうとしたのをニックに見つかったときのこと、ニックにキスされたときのこと。さっき雑誌で見たばかりの二人のキスシーンの写真。

キャリーはその先を考えるまいと歯を食いしばり、彼を見上げた。目にかかった髪を後ろに払い、彼の言葉に動じていないふりをする。

「きみの弁解は覚えている。今はもうああいったことに巻きこまれるのは賢くないと考えているんじゃないか？」

「私はルルに頼まれてしたのよ。友人を助けることの何がいけないの？」

「ルルが夫の家で夫の親友のひとりとたくらんでいたことを考慮すれば、その質問に対する答えはきみの不倫に対する態度しだいだと言えるだろう」

「あなたは、ことの次第をすべて知っているわけじゃないわ」キャリーはルルの頼みを引き受ける前に何が起こっているのか知りたいと思ってはいたが、それをニックに認めるつもりはなかった。「物事にはつねに二面性があるのよ」

「たぶん、二つ以上ある。結局、きみはダレンの書斎にいた。おそらく彼と秘密の関係があったからだろう」

「ばかばかしい。いずれにしても、彼はあなたの友人だと私は思ったけれど。あなたは友人に対してあまり誠実とは言えないようね」

「友人というより知人だ。とはいえ、ダレンがどういう人間かは知っている。公平のために言っておくが、浮気性という点では、彼は妻といい勝負だ。それに、前にも言ったが、あれはダレンの書斎で、きみは確かに男の気を引くドレスを着ていた」

「だとしたら、あなたが私にキスしているのに、なぜ彼は気にしなかったのかしら？」

「彼は気づいていたんじゃないのか？　きみも自分と同じように尻軽だとね」

「彼はあなたをたきつけたのよ！　まったくあれは屈辱的だったわ」

「きみはそう思ったのか？」

「もちろんよ。しかもあんなくだらない雑誌に写真が載って」おぞましいカラー写真に映る光景が目の前にちらつき、キャリーは胸が悪くなった。

「きみはあれを見たのか？」写真が載ったことなどなんでもないことのようにニックは言った。

「私にあんな格好をさせる権利はあなたにはなかったわ」キャリーは不意に頬が赤らむのを感じた。

「きみはあの体勢に興奮したという印象を受けたが」彼はキャリーの当惑をおもしろがっているように唇の端を上げた。「かなり刺激的で喜んでもらえたと思っていたよ」

「私が言いたいのはそんなことじゃないの」キャリーは顔をそむけ、燃える頬を隠したい衝動を抑えて彼をにらみつけた。「私を有名人の汚らしいスキャンダルに巻きこむ権利は、あなたにはないわ」

「そもそもきみが愚かにもダレンの書斎で盗みを働こうとしたせいでキスすることになったんじゃないかな。きみが学び、そういったことに今後巻きこまれるのは賢明ではないと悟ってくれたことを祈るよ」

「偉そうにしないで！　私が友人のために何かをすると決めても、それはあなたとは無関係よ！」

「きみが僕の甥の面倒を見ている間は、きみがするすべてが僕に関係している」

「だったら、あなたはどうなの？　あなたの常軌を逸した行動が結果としてあんなひどい写真になったのよ。あなたがほかにどんな不適切な行為にふけっているか、わかったもんじゃないわね」

「僕は自分のことをきみに説明する必要はない」

「けれど、私のことはあなたに説明する必要があると思っているんでしょう？」彼女はいらだちの目で彼を見やった。彼は非の打ちどころのないデザイナーズ・スーツ姿で落ち着き払ってそこに立っていた。頭の先から、イタリア製のハンドメイドの革靴にいたるまで、富と権力を発散させている。「あなたはお気楽な人生を送ってきた。他人がどんなふうに暮らしているかわかっていないのよ。自分の行動に疑問を持たなくてはならなかったり、正しい決定を下せたかどうか悩んだりしたことがないのよ」

「もちろん、僕も自分の行動に疑問を持つことはある。金があるからといって難しい決定をしなくて済むわけじゃない」

「そうかもしれない。でもお金があれば、はるかに簡単になるはずよ」

「僕だって自分がした悪い選択と折り合いをつけていかなくてはならないんだ。ほかのみんなとまったく同じように」ニックは黒髪をかきむしった。

「かわいそうなおぼっちゃま。私に同情してもらいたい？」

「いいかげん、口を閉じろ！」ニックはジャケットを脱ぎ、それを肩にかけた。「僕はここにきみと口論するために来たんじゃない。きみとダニーがいる場所を確認したかっただけだ」

キャリーは唇を引き結び、彼を見つめた。

「ロンドンに戻る便は何時だ？」不意に事務的な口調で彼は尋ねた。

「金曜の昼近くの便よ。私たちは全員一緒に帰るわ」

「僕の部下のスピロをそのときまで残そう。きみとダニーを問題から守るために。残念ながら僕は仕事があってロンドンに戻らなくてはならないんだ」

「その人、ここには泊まれないわよ。わかっているでしょう、ここは私の家じゃないの。エレインの家族の休暇をだいなしにするわけにはいかないわ。あなたが誰かをここに残して私を……監視させることで」

「信じてくれ、これは僕が考える最善の策とは言えない。だが、そうしなくてはならない。きみがスピロをまいたりしたら、僕は戻ってきてきみとダニーを僕の監督下に置く」

「あなた、私たちを誘拐すると脅しているの？」キャリーは息をのんだ。ニコス・クリスタリスを敵に回すのは危険だと思い出す。あまりに多くのものが危険にさらされている。

「また大げさなことを言って」ニックは淡々と応じた。「とにかく、これからの数日、ばかなことをするなよ。きみが失踪《しっそう》劇を演じたせいでいくつもの取り引きがだめになった。僕はその穴埋めをしなくてはならないんだ」

「どうしてあなたはこんなことをしているの？ダニーのことなんてまったく関心がないくせに」キャリーは大声を出した。「ダニーはあなたにとってやっかいなお荷物にすぎないはずよ。ダニーと仕事との選択に迷うくらいなんだから！」

「ダニーが僕にとって拾得物か何かにすぎないような言い方はしないでもらいたいね。きみは事実として受け入れたくないようだが、ダニーは僕の甥で、僕はダニーに関心を持っている」

「だったらなぜ、お兄さまが亡くなったあと、孤児になった赤ん坊を捜しに来るのに半年もかかったわけ？ロンドンに出張ができたときに行けばいいとでも思ったんでしょう」

「僕はダニーの存在を知らなかった。知ったのはつい最近だ」

一瞬、彼の顔にむきだしの感情が浮かび、キャリーは驚いて彼を見つめた。

この人は本当のことを言っているの？　ダニーのことを知らなかったなんて、そんなことがありうるかしら？

そのとき、別荘のほうで動くものが視界に入った。エレインがミネラルウォーターの瓶とグラスを二個持って近づいてきたのだ。

「何か飲み物が必要なんじゃないかと思って」エレインは近づきながら言った。

「お気遣い、ありがとう」振り向いてニックはエレインに話しかけた。「しかし僕は結構。ちょうど帰るところなので」

「でも……」キャリーはニックが言ったことを考えていて、とっさに言葉が出なかった。

「きみがロンドンに戻る飛行機を僕は出迎えるつもりだ」ニックはそう言うときびすを返し、別荘の私道の錬鉄製の門に向かって大股で歩み去った。

「冷たい飲み物が必要なようね」エレインはグラスに水をつぎながら言った。

「ありがとう」半ば上の空でキャリーは答え、黒いリムジンの後部座席に乗りこむニコス・クリスタリスを見つめた。

ダニーの存在を最近知ったばかりだと彼が言ったとき、キャリーは恐怖を感じた。彼が甥の存在を知ってから半年待ったのではなく、すぐに駆けつけたという事実に驚いたのだ。ダニーを連れ去るという計画を彼が本気で立てているのだということがさらに確かになったようだ。

彼が帰ったのはうれしかった。

だが、キャリーの胸の中ではじわじわと不安が広がっていった。

5

地下駐車場のひどい暑さに閉口しながら、キャリーはバッグの中をかきまわしてレンタカーのキーを捜した。最後にはバッグの中身を残らずボンネットの上に出しても、キーは見つからなかった。

水疱瘡《みずぼうそう》にかかったダニーが苦しそうに泣いている。キャリーは混乱する頭で必死に考えようとした。次に何をしたらいいのだろう。

ひとつだけはっきりしていることがある。とにかくダニーを駐車場から連れださなくてはならない。熱が危険なほど高くなる前に。ダニーの体はどんどん熱くなっている。レンタカーのキーを見つけられないなら、ダニーをもっと快適な場所に連れていく別の手段を見つけなくてはならない。

キャリーはショルダーバッグの中身を片手で詰めこみながら、もう一方の腕でダニーを抱いていた。炎症を起こしている肌をこすらないよう注意したが、簡単ではなかった。とりわけ涙で目が曇り、心配で喉がつまっているときには。私がダニーの面倒をきちんと見られず、病気を治してあげられなかったらどうなるのだろう？

悪夢が始まったのはその朝、エレインの家族と一緒に空港へ向かう準備を終えたときだった。エレインの双子の娘のひとりが、朝からずっとぐずっていたダニーの体に赤い小さな発疹《ほっしん》を見つけたのだ。キャリーにはそれが何かわからなかったが、エレインはすぐにわかった。水疱瘡だ。

航空会社の医師もエレインと同じ診断を下し、ダニーの搭乗を拒否した。

最初のうち、キャリーは自分がかなり落ち着いていると感じていた。ダニーが他人に感染させる恐れがなくなるまで、エレインの別荘にいればいいだけのことだ。大丈夫。どこに何があるかはわかっている。冷蔵庫には食べ物が入っているし、通りを少し行ったところには小さな食料雑貨店もある。

むしろエレインのほうが心配し、自分も残ると言ってくれた。けれども彼女には妹の結婚式があり、それが彼女にとってとても大切なことだとキャリーにはわかっていた。すると、夫のジョンが妻の代わりに残ろうと言ってくれた。しかし、ダニーと二人で問題ないとキャリーは言い張った。結局、彼女が別荘に戻り、ひとりでダニーの面倒を見ることになったのだ。

キャリーは自分自身に言い聞かせるように、自信たっぷりの口調でエレインやその家族を説得した。運よく運転免許証を持っていたし、レンタカーはジョンが搭乗前に借りてくれた。そして彼らは彼女とダニーに別荘の鍵《かぎ》を残して飛び立っていった。

空港を車で出たときにはダニーはそれほど具合悪そうでもなかったし、キャリーは冷静でいられる自分を誇らしく思っていた。バックミラーの中にニックの部下の車を見つけたときも、苦笑いし、とにかく自分はひとりきりではないと思ったくらいだ。私が飛行機に乗らなかったことを彼はすでにニックに報告しているに違いない。

キャリーは街に立ち寄り、小児用の痛み止めを買うことにした。処方された分で足りなくなったときに、別荘近くの店に在庫がないと困るからだ。すべてが悪いほうに向かいだしたのはそのときからだった。

しだいにぐずりだしたダニーは、窒息しそうな地下駐車場に戻ってくるころには、体が燃えるように熱くなり、声を限りに泣いていた。

その週初めて、ニックの部下は消えていた。だからキャリーは彼に助けを求めることさえできなかった。近くにいれば誰でもいいから助けを求めたいくらいせっぱつまっていた。けれども駐車場に人気はなかった。

ああ、どうしてひとりでも大丈夫だなんて言ってしまったのだろう？

キャリーはボンネットを滑り落ちそうになった日焼け止めのチューブをかろうじてつかみ、バッグに戻そうとした。だがそのときバッグのひもが肩から落ち、中身が汚れたコンクリートの床にぶちまけられた。

キャリーは呆然《ぼうぜん》と床を見つめた。もう、うんざり。けれど、なんとかしてこの窮地を切り抜けなければ。ダニーが私を必要としているのだから。

「大丈夫よ、ダニー」

キャリーは無理やり高い声を出して語りかけた。しかしダニーを泣きやませることはできなかった。

「すぐになんとかするからね」キャリーはもう一度言った。だが自分でも声がかすれるのがわかった。震える唇を引き結び、目をぎゅっと閉じて涙をこらえる。

苦しげなダニーの泣き声が耐えられなかった。なんとか落ち着きを取り戻して次に何をするかを考えなくてはいけない。

キャリーは車のわきにしゃがみこみ、どうしても必要なものだけを拾い始めた。財布、ダニーの水のボトル、それに別荘の鍵。日焼け止めや残りの品は車の下に転がしておいて、あとでなんとかしよう。

いちばん重要なのは、ダニーをここから連れだして新鮮な空気を吸わせ、小児用の痛み止めをのませて水分を取らせることだ。先のことを考えるのはそれからでいい。

「いったいきみは何をしているんだ？」

背後で太い声がした。

「なぜきみはみんなと一緒に飛行機に乗らなかったんだ？」

キャリーはすぐにその声が誰のものかわかった。ニコス・クリスタリスだ。

「ああ、ありがたいわ。来てくれたのね！」キャリーは立ちあがり、振り返った。きつい口調で責められたにもかかわらず、誰に会うよりもありがたかった。ほっとして涙がこみあげる。本当に泣きだす前に慌てて話しだした。「ダニーの具合が悪いの。搭乗を拒否されて。熱がすごいの。とにかくこの蒸し暑い駐車場から連れださなくてはいけないんだけれど、車のキーをなくしてしまって」

「ダニーに何があったんだ？」ニックは手を伸ばし、ダニーを受け取りながら鋭く尋ねた。

「水疱瘡よ」キャリーは抵抗することなくダニーを渡した。汗でべたついている自分より彼のほうがましだ。「私たちがまずするべきは、ダニーをここから連れだして、体温を下げることよ」

「ついてくるんだ」ニックは大声で言うと、駐車場の出入り口に向かって大股で歩きだし、部下にギリシア語で矢継ぎ早に指示を与えた。「きみのものは置いていけ。スピロが持ってくる。僕たちはホテルに行って医師を呼ぼう。すぐそこにホテルがあるのを見た」

ホテルに着くと、ニックが受付係と交渉し、すぐに広々とした部屋に案内された。

「医師はすぐに駆けつけてくれるそうだ」ニックはダニーを抱いたまま言った。「それまで僕たちに何かできるか？」

「熱をなんとか下げられないか、やってみましょう」キャリーは早口で言った。「水を飲ませるの。それにまた痛み止めを与える時間だわ」

やがて薬をのんだダニーが少し落ち着くと、キャリーはニックからダニーを抱き取り、抱きしめた。

「ありがとう。私たちを助けてくれて」

「礼には及ばない。ダニーは僕の甥《おい》だ。当然、甥のためにできることなら、なんでもする」

「あなたが来てくれて本当に助かったわ」キャリーは心から感謝していた。だがそのとき、ふと警戒心がわいた。彼はこのことを私に勝つための手段にするのではないかしら？　このことが、私がダニーの保護者としてふさわしくないことを証明していると言いださないかしら？「もちろん、私たちだけでもなんとかなったと思うけれど」キャリーはつけ足した。「とにかくダニーを別のもっと涼しい場所に移しさえすればよかったわけだし」

キャリーはのしかかるように立つ彼を見上げ、背筋を震わせた。突然、彼が信じられないほど背が高く、力強くなったように感じられた。彼が厳しいまなざしでこちらを見下ろしている。

「医師は何をしているんだ？」ニックはいらだたしげに尋ねた。腕時計をちらりと見、部屋を大股で横切っていく。「もう着いていてもいいころだが」

「すぐに来るわよ」キャリーは自分に言い聞かせるように言うと部屋の反対側へ行った。ニックと待っていると不安になってくる。そのとき、ありがたいことにドアがノックされ、医師の到着が告げられた。

キャリーは隣の部屋とつながっているドアのそばでためらい、ニックを見つめた。彼は小さなテーブルに腰を下ろし、ノートパソコンで仕事をしている。キャリーはつかの間、彼を観察することができた。

スーツのジャケットとシルクのネクタイをベッドに置き、シャツの袖《そで》をまくって第一ボタンを外している。完全に仕事に没頭していて、コンピューターのキーをたたく速度は驚くほど速い。

その集中した姿は、大試合を前にしたスポーツ選手を連想させた。キャリーは一瞬、彼をうらやましく思った。彼はつねに自分が何を欲しているか、次に何をするべきかを確信しているようだ。

駐車場に彼が現れたとき、キャリーは心底ほっとしたし、ニックの迅速な判断にも感謝した。自分たちを即刻ホテルに連れていき、医師を呼ぶという判断は正しかったと思う。ところが、今や事態はそれほど単純ではなさそうだ。彼の助けは確かにありがたかった。それでも、ニックの態度には私を不安にさせるものがある。見返りに彼は何を期待するだろう？

キャリーはホテルの部屋を見まわし、顔をしかめた。ニックの部屋に椅子はひとつしかない。つまり私はベッドに座るか、ぎこちなく立っているしかない。あるいは、ダニーがようやく眠りに落ちたもうひとつの部屋にこっそり戻るかだ。

最初、ニックが続きの部屋を彼女たちのために取ってくれていたとは知らなかった。彼の意図は判然としなかったものの、彼女としては別荘に戻り、ダニーをロンドンに連れて帰れる日を待ちたかった。

往診に来てくれた医師もやはり水疱瘡だと診断し、これからの数日、ダニーをどう看病したらいいか教えてくれた。水疱瘡の感染の恐れがなくなって搭乗させてもらえるようになるまで、さほど時間はかかりそうになかった。

不意にニックが振り向き、自分を見ているキャリーに気づいた。彼のまなざしにキャリーは身動きがとれなくなった。彼に引き寄せられるような感覚がわく。たった今まで彼を見ているのは自分だったのに、立場が逆転して、彼に見られている。キャリーの心臓が跳ね、五感が警戒信号を発していた。

「ダニーは眠ったわ」動揺を悟られないようキャリーは急いで言った。「ダニーが目を覚ましたとき、すぐにわかるようにドアは少し開けておくわね」

「入って座ってくれ」子供を起こさないよう、小声でニックは言った。「僕たちは今後について話し合う必要がある」

キャリーはばかばかしいほど自意識過剰に陥りながら、彼のほうに近づいていき、腰を下ろした。ベッドに腰を下ろしたくはなかったのだが、そのことで騒ぎ立てたくもなかった。

「きみがダニーを寝かしつけている間にスピロがきみのものを持ってきてくれた」ニックはパソコンを閉じ、椅子をまわして彼女と向き合った。

「ありがとう」キャリーは振り返り、ニックが指さしたほうを見た。「まあ、私のスーツケースやほかのものも全部！　あれはトランクに入れてあったのよ」

「スピロは車の下の地面に落ちていたキーを見つけた。おそらくバッグから落ちたんだろう」ニックは無意識のうちに首の後ろをもみながら説明した。

「よかった、見つかって」キャリーは頭を左右にまわしている彼を見ながら答えた。彼の行動が凝りをほぐすためのものだとわかってはいたが、その信じられないほどセクシーな動きに体の奥がうずいた。

鼓動が速くなり、脚が震えて、口の中が乾く。慣れない感覚だが、その正体はわかっていた。性的興奮だ。ニコス・クリスタリスは今までに会った誰よりもセクシーだが、それは単に彼がハンサムだからそう感じるのではない。彼の動作のひとつひとつに、警戒したくなるほど興奮させられるのだ。たとえば彼が頭をまわすときのしなやかな動作、あるいは小首をかしげ、うなじをもむときの動作に。

キャリーの指は彼に触れたくてうずいていた。かつてどんな男性にも触れたことのないようなやり方で、胸筋の輪郭に手を滑らせ、彼の体の熱を感じたかった。かがみこんで顔を肌に押しつけ、彼の男性らしい香りを吸いこみたかった。

「すべて手はずは整えた」ニックが言った。

「ごめんなさい、何?」キャリーは頭を振ってすっきりさせようとした。彼の言うことに集中すべく、顔を見すえる。変な想像をして上の空だったことを悟られたくはない。「なんの手配が終わったの?」

「スピロがレンタカーを空港に返しに行っている。きみにはもう必要がない」

「だめよ。レンタカーはまだ必要よ!」キャリーは叫んだ。不意に現実に引き戻される。「別荘に帰らないと。それに車がないと出歩けないわ」

「僕が話したいのはそのことだ。僕はきみたちを家に連れて帰ることができる」

「ダニーは飛行機に乗せてもらえないのよ」

「公共の飛行機はだめだが、幸い、僕は自家用機を持っている」

「自家用機ですって!」キャリーは驚いて彼の言葉を繰り返した。ニックはどれほどお金持ちなのだろう?「それで私が帰国便に乗らなかったとき、あんなに早くメノルカに来られたのね?」

「いや、僕はロンドンのガトウィック空港から最初に出るメノルカ行きの便に飛び乗った。自家用機の置いてある別の空港に行くよりそのほうが早かったからだ。通常は公共の飛行機には乗らない。人が多すぎるし、遅れも多すぎる」

「まあ」キャリーはそれを聞いてどう答えたらいいのかわからなかった。彼は私が考えていたよりもはるかに裕福なようだ。「ごめんなさい、公共の乗り物に乗らない主義を曲げさせて」キャリーは目を伏せ、ニックがベッドに置いたネクタイを見つめた。何気なしにそれを手に取り、指を滑らせる。「とにかく、あなたが自家用機を置いてきたなら、どうして私たちをロンドンに帰すと提案しているの?」

「自家用機は夕方遅くこちらに到着する」ニックは自分の膝にネクタイをのせ、模様を無意識のうちになぞっているキャリーを見ながら答えた。「それまできみたちはこのホテルで休むといい」

「その必要はないわ」キャリーはネクタイを両手の間で滑らせた。ニックの申し出は魅力的だが、彼にはすでに借りがある。これ以上借りを増やしたくはない。彼は今も私にとって危険な存在だ。今回助けてもらったからといって、そのことを忘れるわけにはいかない。「ダニーと私はエレインの別荘に滞在させてもらえば大丈夫よ」

「僕がきみたちを自家用機で送るのがいちばんいいと思う」ニックは彼女の手に見入った。ああ、彼女は僕を興奮させる！　僕のネクタイをもてあそぶ彼女の指の官能的な動きは、エロティックな拷問だ。そのセクシーな手で今すぐ体を撫《な》でてもらえないなら、僕は爆発してしまいそうだ。「僕はここには滞在できない。仕事がある」

「残ってほしいと頼んでなんかいないわ！」

その声にこもる何かに、ニックは視線を上げた。そして、キャリーの赤らんだ顔に浮かぶ表情でわかった。彼女はようやく自分のしていたことに気づいたのだ。それを僕に見られたことにも。

頬を染めたからには、僕を興奮させたことにも気づいたのだ。その事実をのみこむにつれ、彼女も同じように興奮している。彼女も、僕が彼女を欲しがっているのと同じくらい、僕を求めているのだ。

キャリーは拒絶するように顔を後ろに反らして勢いよく立ちあがると、指にやけどをしたかのようにネクタイを落とした。

「あなたが来てくれたときは本当に感謝したわ。でも、今はもう私たちだけでまったく問題ないわ」キャリーは我が身を守るように両腕を組んだものの、顔を上げて彼と視線を合わせた。

「危険を冒すのは愚かだ」ニックは立ちあがり、一歩彼女につめ寄った。彼女の手を自分の体に感じたかった。ネクタイを愛撫《あいぶ》するように自分に触れてほしかった。「今晩、僕はきみを家に連れて帰る」

「あなたの話では、私たちの今後について話し合う必要があるということだったけれど、それはあなたが決めた今後という意味だったのね？」キャリーは腰に手を当てて一歩も引かず、彼の目を正面から見すえた。

彼女を見下ろしたとたん、欲望の稲妻がニックの全身を切り裂いた。挑戦的な姿勢を取ったことで、あらがいがたいほど官能的に胸が突き出たことに彼女は気づいていないようだ。「きみにもっといい考えがあるなら、結論を下す前に聞こう」彼は目を細め、首をかしげて、彼女を見つめた。

彼女のそぶりには、経験豊かな女性だったらしないような心引かれる無邪気さがある。だが彼女に何人も恋人がいたのは間違いない。これほど官能的な女性が未経験なはずはない。それでも彼女のしぐさの新鮮さが僕を引きつける。

「だが、この異国にひとりの監視も残さずに僕がきみたちをほうっておくとは、一瞬でも考えるなよ」

キャリーはごくりと唾《つば》をのみこみ、必死に目を合わせているというように下唇を噛《か》んでいる。彼女の視線が下がった。僕の胸もとを見ている、とニックは思った。

このうえなく魅力的な男性だという目で彼女は僕を見る。それが今までのどんなことより僕を興奮させる。僕は女性にちやほやされるのに慣れている。しかし、彼女には今までとは違う何かがある。彼女は僕を欲しがっている。なのに、その欲望と闘っている。それは彼が初めて経験する強烈な刺激だった。

ニックはかすかに両の眉を上げ、彼女を見続けた。

「きみには何か提案したい別の計画があるのか？」

「何？」

キャリーは頭をはっきりさせようとするかのように目をしばたたき、尋ねた。落ち着いているところをできるだけ見せたいのだろう。

「ごめんなさい。ちょっと違うことを考えていたの。一瞬、意識がはるかかなたをさまよっていたわ」

「それほど遠くはないだろう」ニックはわざと声を低くし、誘惑するように言った。「きみはずっとここにいた……僕と一緒に」勝利の予感が体を駆け抜ける。彼女は抵抗しているが、簡単に誘惑できるだろう。

「私、疲れたの」キャリーは言った。前髪を払って彼を見すえようとするが、猛烈に顔を赤らめていることに自分でも気づいていた。私はここで立ち向かわなくてはならない。彼にどれほど興奮をかきたてられているか、気づかれるわけにはいかない。「長い一日だったわ。でも、まだ自分で自分のことは決められるわ」

「それで、何を提案するのかな？」

キャリーはつかの間、必死に考えた。「私たちを家に連れて帰って。でもおかしなことは考えないで。私はダニーのために最善のことをするだけよ」

「おかしな考え？」ニックは彼女の全身に視線を這《は》わせた。「きみを家に連れて帰ることがどうしておかしな考えにつながるんだ？」

「私が言いたいことはわかっているはずよ」キャリーは全身に打ち寄せる熱い波を必死に無視しながら言った。「私たちの間には何も起こらないわ」

「きみが望んでも？」

不意に彼が近すぎる気がした。全身に鳥肌が立つほどの圧倒的な存在感が彼にはある。これほど強く男性に惹《ひ》かれたことはない。けれど、そのことで混乱させられるわけにはいかない。私は疲れている。長朝から何も食べていない。助けはありがたいが、ニックが私たちの幸福を脅かす存在であることを忘れてはならない。

「私たちの間に何も起こしたくないわ」

口にしたとたん、興奮がわきあがった。私は誰をだまそうとしているのだろう？　彼に感じている圧倒的な欲望を否定することはできない。けれどもそれが危険なことを私は知っている。

ニックはすでに私の生活にかなりの影響を与えている。彼をこれ以上有利な立場に立たせたら、危険きわまりない。彼に惹かれるのが怖い。

あの晩、フラットでいかに自分が激しい欲望に翻《ほん》弄《ろう》されたか、はっきり覚えている。また自分を制御できなくなったらどうなるだろう？

「きみが僕を見る目つきをずっと見ていた。きみは僕に抱いてほしいんだ」

「いいえ、違うわ！」キャリーは頬を赤らめた。

「きみは避妊しているのか？」ニックはキャリーの動揺を無視して続けた。

「なんですって？」キャリーは頭がくらくらした。

「僕たちが愛し合うときのために……きみは避妊しているのか」

「まあ！」そんなことをきくなんて、信じられない。キャリーは動転した。なぜこんな話になってしまったの？「そんなことを心配する必要はないわ」あなたとそんな関係に進むつもりはないもの！

「それはよかった」ニックはさらにキャリーに近づきつつ優しく言った。「きみを抱けるなら光栄だ。だがきみが躊躇《ちゅうちょ》している理由もわかる」

「あなたって傲慢《ごうまん》な獣《けだもの》ね！　あなたのベッドに入りこみたくて列をなす女性たちに慣れているんでしょうけれど、あなたの魅力に引かれない女性だっているのよ」

「つまり、僕が魅力的だと認めるのか？」ニックの目が笑っていた。

「いいえ」キャリーは不機嫌に言った。彼にからかわれたことで動揺する。

「それは失礼。だがすべてうまくいくときみは知っている。結局、僕たちは二人とも同じものを求めているんだ」

「いいえ、そんなこと知らないわ。それに私たちはお互いをほとんど知らない。だから私を知っているかのような振る舞いはやめて！」

「きみは自分を恐れているんだ」ニックは静かに言った。「物事が複雑になると困るから、僕に感じているものに屈服したくないんだ」

「恐れてなんかいないわ！」胸の内をすべて見透かされていることに驚き、キャリーはむきになって反論した。「それにあなたには何も感じていない！」

「僕たちの間には単なるセックス以上のものがあると思う」ニックは手を上げ、彼女の頬にそっと押し当てた。

「そんなもの……私たちの間には何も……」キャリーは無意識のうちに彼の手のひらに頬を押しつけた。

「僕たちの間で欲望がエネルギーとなって燃えている」ニックは頬の手を彼女の頭の後ろに滑らせ、さらに一歩つめ寄った。「それが僕たちを取り巻き、二人を押しつけてひとつにしているのが僕には感じられる」

「私には感じられない……」ニックがかがみこむと、キャリーは言おうしていたことを忘れた。彼の唇が彼女の唇のすぐ上で止まっている。

ニックの言葉が彼女の心と体の中で駆け巡っていた。確かに自分のまわりにエネルギーのようなものを感じる。それが私をニックに押しつけている。

息が荒くなり、心臓が早鐘を打つ。彼がキスしようとしているのがわかる。ああ、彼のキスが欲しい。

キャリーは目を見開いて彼を見つめた。顔が近すぎて目の焦点が合わない。ゆっくり目を閉じると、今この瞬間のことしかわからなくなる。彼の唇が触れるのを待って、身構える。

「僕はきみに触れてもらいたい」ニックはじらすよ

うに唇で彼女の唇をかすめた。キスの一歩手前だ。

キャリーはぱっと目を開いたが、彼はまだあまりに近くて、はっきり見ることはできなかった。

「きみに触れてほしい」彼は繰り返し、再び唇で唇をかすめた。

「だめよ……」キャリーは抵抗しようとした。けれども何か話すと、唇が触れ合い、欲望を刺激する。唇を押しつけて、きちんとキスしたかった。

「僕に触れてくれ。きみが僕のネクタイに触れたように」ニックはつぶやくと、音節のひとつひとつがすばらしい拷問となった。

「私はしたくない……」キャリーは言葉を切り、息を吸った。顔を引こうとするが、いまだに後頭部を押さえられている。彼女は目を閉じた。はっきり考えることは不可能だ。私がしたいのは、口を開き、ニックの唇に舌を這わせることだけ。私がするべきことは、きっぱり彼から離れることだけ。こんなことはしたくないと、はっきり彼に示すことだけ。けれども体から力が抜けて、動けない。

「きみが僕とキスしたいことはわかっている。だから僕はキスをする」ニックの言葉が彼女の体に電流を送りこむ。「だが、その前にきみは僕に触れなくてはならない」

「だめよ」キャリーは彼のゲームにつき合うつもりはなかった。それはあまりに危険なゲームだ。

「なぜしたくないのか、僕は知っている」彼の唇が軽く触れる。「きみは恐れている。いったんキスしたら、止められなくなるのが怖いんだ。きみは僕の服を脱がせ、僕をベッドに押し倒したくなるだろう。顔を僕の肌に押し当て、僕を味わい、キスをしたくなるだろう」

キャリーは思わず喉の奥で声をあげていた。さらにきつく目を閉じる。男性の肌を舌で味わうなど、これまで考えたことはなかった。けれど今、私が考えているのは舌で触れる彼の肌の感覚だけだ、とニックは言っている。いったいそれはどんな味がするのだろう？　彼を興奮させるの？　私は彼を興奮させたくなどない！　私をほうっておいてほしい。

「もしかしたら僕が間違っているのかもしれない」彼はそう言うとあいているほうの手で彼女のむきだしの腕をさすりだした。キャリーの息が止まった。彼はダレンの書斎でもキスする前に同じことをした。

ニックは彼女の手を取って自分の胸まで持っていくと、少し体を離して二人の間に空間をつくった。彼の唇が離れ、キャリーは抗議の声を押し殺す。しかしそのとき、手のひらに彼の熱い肌を感じた。彼はシャツのボタンをひとつ外していて、彼女の手がすでに中に入れられていた。

キャリーはニックの胸もとに差しこまれた自分の手を見下ろしながら、立ち尽くした。手を引き離したかったが、同時に彼の胸に手を滑らせたかった。

彼女はどちらもできなかった。なぜならニックがまだ彼女の手首をつかみ、押さえていたからだ。

「僕が間違えたなら、きみは僕に触れたいと熱望していないはずだ。それならきみがいかに無関心かを見せてもらっても問題はないはずだ。だが、僕には二人の間でわき立つ性的興奮が感じられる。きみがしたいことが、僕にはわかっている」

「私はしたくないわ……」キャリーは声を震わせまいと、ひと息ついた。「あなたの言っている意味がわからないわ。これで何を証明するつもり？」

「僕のネクタイを撫でていたとき、きみは僕を撫でることを考えていたんだ」

「違うわ」キャリーは唾をのみこみながら、なんとか手を動かさないようにしようとした。けれども彼の肌の熱さを感じているともっと触れたくなる。

「違う？　そうか、だったらきみの手の感触を空想していたのは僕だけだったんだな。僕は自分の欲望をきみに投影していたのかもしれない」

キャリーは唇を噛んだ。口がきけなかった。彼の言葉を受け入れたくはない。けれどもすでに体はその言葉に反応し始めている。私の手に触れられることを彼が空想していたのかと思うと、体の奥がぞくぞくする。

「きみがどう感じるのか教えてくれ。僕のネクタイを撫でたときのように僕の体を撫でてくれ。触れるときのきみの目を見たいんだ」

「いいえ、あなたのゲームにつき合うつもりはないわ」キャリーは彼の視線を避けようとしたが、彼の胸もとに差しこんだ手を見ると、やはり動揺した。

「きみが恐れていると僕は言った」ニックはにやりとした。「僕たちが互いに惹かれていることをきみは恐れているんだ」

「恐れてなんかいないわ。それに私はあなたにそれを証明する必要はないわ」

「僕を喜ばせてくれ」ニックの誘惑するような低い声が、彼女の全身に響き渡る。

キャリーは息を止め、何をするのだろうと思いながら彼を見た。彼が一心にこちらを見ている。一瞬、この世界で自分が唯一の女性であるように感じた。

彼は私に触れてもらいたい。私も彼に触れたい。頭の中で警鐘が鳴っていたが、キャリーはそれを無視した。私は触れても大丈夫だ。彼に触れて自分の欲望を満たしても大丈夫だ。それから彼から離れ、無関心を装えばいい。彼は私に挑んでいる。その挑戦を受けなければ、彼は決してあきらめないだろう。

「わかったわ」興奮によってかきたてられた度胸がキャリーを鼓舞し、彼を大胆に見返した。「私があなたの魅力に何も感じていないことを見せてあげるわ。でも、私があなたの魅力の前にひざまずかないからといって、あなたの自尊心はそれを受け入れることができるのかしら?」

ニックは何も言わなかった。けれども顔をちょっと下げ、半分閉じたまぶたの間からキャリーを見つめた。すでに手首が放されていたので、彼女は自分が望めば手を引っこめることができた。だが、彼女は望まなかった。このチャンスを利用したいという誘惑に勝てなかった。

彼の鎖骨の隆起した部分を感じる。キャリーは手を彼の肩まで滑らせてから喉もとのくぼみに戻した。彼の肌が絹のようになめらかで、もっと感じたかった。手をさらに下に滑らせようとしたとき、不意に動かなくなった。二番目のボタンに阻まれたのだ。

「僕はきみの目を見ていたいと言った」ニックの低い声にキャリーはびくりとした。彼が手で顎をつかみ、彼女の顔を上に向ける。「ボタンをちぎり飛ばしてもかまわない。もしもきみが望むなら」彼は目を光らせ、つけ加えた。

「望んでなんかいないわ」自分の荒い息遣いに当惑しながらキャリーは答えた。彼の目をのぞきこみ、大胆に立ち向かう。私が無関心であることを彼に確信させないと。

キャリーはあいているほうの手を上げ、次のボタンを外した。さらに次のボタンも。

シャツに差しこんだ手をさらに下に滑らせると、期待どおり彼の筋肉の感触はすばらしかった。胸をかすめるように撫で、それから胸の頂に触れる。

キャリーの指は彼に触れたくてうずいた。けれども彼に触れることが、彼に触れられることと同じくらい興奮することだとは想像していなかった。

「僕を見ろ」

ニックの声に体の芯《しん》を揺さぶられ、キャリーは自分の欲望の深さに今さらながら息をのんだ。私の体は彼の声にこんなにも反応するのだ。

キャリーは、いつの間にか目の焦点が合わなくなっていたことに気づき、混乱して目をしばたたいた。

気を取り直し、ニックを見つめる。自分が激しく反応していたことに圧倒される。欲望をたたえた彼の目が彼女の目に注がれている。私の目は私の欲望を暴露していないだろうかとぼんやり考える。けれどもすぐに頭の中は欲望で満たされた。

彼の胸の頂を指でじらすようにそっと円を描く。指の腹でそれが硬くなるのがわかる。軽くこすり、それから人差し指と親指でつねる。

その間ずっとキャリーはニックの目をのぞきこんでいた。青い瞳の色が濃くなり、まぶたが下がっている。私の愛撫に彼が反応しているのは間違いない。そう考えると、彼女の欲望もさらに強くなる。

「きみは僕に触れたくないと言った」

「そう、触れたくなかったわ」キャリーはしっかりした声が出せたことに驚きながら答えた。「私は今、自分の主張が正しいことを証明しているの。あなたが私に証明させたがったから」

「僕たちは僕の主張が正しかったことをすでに証明したと思う」ニックはかすれた声で答えた。

「いいえ」ニックが一歩つめ寄って彼女の手を二人の間で挟むと、キャリーは声を失った。

「さあ、キスをしよう」彼が顔を近づけた。

「いいえ」キャリーは息をあえがせたが、体はすでに欲望でうずいていた。

「僕はきみに触れてほしいと頼んだ。代わりにキスをすると約束した」

「そんなことしていないわ。あなたがそう言ったときは、まるで……まるで……」

「自由に欲望を表現できる、同意した大人同士だった？　そう、僕は恋人とはそうありたいと思っている。僕はきみの空想の中身を知りたい。どうしたらきみを満足させられるか知りたいんだ」

キャリーの頭はくらくらし、体はニックへの圧倒的な欲望でざわめいていた。けれどもそんな自分の反応が急に怖くなった。彼のゲームにつき合っても大丈夫だと思っていたが、どうやら間違いだったようだ。彼は自信に満ちた、性的経験の豊富な男性。私には今までまともな恋人ひとり、いなかった。

突然キャリーは一歩あとずさり、ドア枠に体を押しつけた。

そのとき頭のすぐわきでドアがノックされ、飛びあがった。彼のシャツから慌てて手を引き抜き、ボタンをいくつか飛ばす。

「ルームサービスを注文したんだ」ニックはボタンの飛んだシャツを見下ろしながら言った。彼はいきなり邪魔が入ったことに驚いていないようだったが、ドアを開けようとはしなかった。「きみが今日一日、何も食べていないんじゃないかと思ってね」

「ルームサービス？」キャリーは混乱した頭でなんとか考えをまとめようとした。

「きみは何か食べたほうがいい」ニックはそう言うと突然、彼女をまわりこんで、ドアを開けた。「僕は出発前に片づける仕事がある」

入ってきたワゴンを見て、キャリーは目をしばたたいた。ニックがサインし、ウエイターにチップを渡す間、壁に寄りかかって立ち直ろうとする。

しかし、そのくらいの時間では立ち直るのは至難の業だとわかっていた。脚の力が抜け、鼓動が今も速い。彼の唇がかすめた唇が今もうずいている。信じられないほどの欲望がわきあがっている。彼にキスをしてほしかった。そして、欲しいのはそれだけではなかった。

「きみが何を食べたいかわからなかった」

どうやらニックは私がどういうふうに感じているか気づいていないようだ。驚くほどたくさんの料理をのせたワゴンを指さして話している。

「好きなものだけ食べるといい。僕も仕事を終えて時間があったら食べようと思っている」

彼は私にキスをするつもりはなかったのだ。ふと気づき、キャリーは殴られたようなショックを受けた。彼は今にもルームサービスが来て邪魔が入ることを知っていたのだ。私をからかっただけなのだ。

私はまだ二人の間に起こったことに動揺している。けれども彼は完全にスイッチを切り替えている。彼の目に宿っていると思った欲望は完全に消えていた。

「おなかはすいていないわ」自分の部屋に戻るドアに向かいながら、言葉が乾いた喉に突き刺さるように感じた。「ダニーの様子を見に行くわ。それから少し眠れるか試してみる」

一日じゅう食べていなかったのに、食べ物のことを考えただけで、気分が悪くなった。それにニックから逃れることが何より重要だ。

「行く前に……」ニックが後ろから呼び止めた。

「きみのパスポートを渡してくれ」

「えっ？」キャリーは振り向き、困惑して彼を見た。

「手配のためだ」ニックはテーブルに座り、パソコンを開きながら説明した。

「そうだったわね」自分とダニーを家に連れて帰ってもらうことに同意したことを忘れていた。「でも自家用機で帰るんでしょう。チケットはいらないんじゃない」

「それでも出国して入国するわけだから」彼はパソコンから目を上げもせず、その口調はわかりきったことじゃないかとあざけっていた。

「そういえばそうね」キャリーはバッグの中を探った。自家用機の旅に慣れていないのは私のせいじゃない。私をばかみたいに扱わないでほしい。「さあ、どうぞ」

ニックは顔を上げなかった。キャリーはパソコンのわきにパスポートを置くと、静かにダニーのいる部屋に戻っていった。

6

　はっと目を覚ましたキャリーは、飛行機がすでに着陸していることに気づいた。

「さあ、きみも降りたまえ」ニックが言った。「ダニーはすでに車に乗せた」

「ええ、わかったわ」キャリーはおぼつかない脚で立ちあがった。いつ眠りに落ちたのか、覚えていないし、いまだにはっきり目が覚めない。「ごめんなさい、少しふらつくみたい」

「きみは大変な一日を過ごした。疲れているのも当然だ」

「そうね」キャリーは窓の外を見て、顔をしかめた。すでに暗くなっていてよく見えないが、見慣れない景色だ。「ここはガトウィックじゃないみたいね」

「ああ、違う」ニックはキャリーの手荷物を持ち、出口に向かった。

「私たちをどこに連れてきたの？」いつも小さな空港を使うと彼は言っていた。ここもそのひとつに違いない。

「コルフだ。さあ、早く。ダニーが起きたときにそばにいたいだろう」

「なんですって？」キャリーは驚いて息をのんだ。聞き間違えたのだろう。たとえニックのような傲慢《ごうまん》な男性でも、同意なしに私を外国から外国へ連れまわすようなことはできないはずだ。「コルフ？　あなたは家に連れて帰ると言ったのよ！」

「きみの家とは言わなかった」ニックは肩をすくめた。「ここは僕の家だ。それにダニーの回復を待つのに、はるかにふさわしい場所だ」

「それはあなたが決めることじゃないわ！」キャリーは声を荒らげた。ひどい一日が突然どん底の一日に成り下がる。「あなた、だましたのね。私の意志を無視して私たちをここに連れてきたのよ！」

「結局はそれが最良の選択だ。あの狭いフラットに閉じこめられる必要はない。僕の家にいるほうが快適なのは明らかだ。きみはくつろげるし、ダニーは最善の治療が受けられる」

「私はロンドンに帰してほしいの。それはもうお互い同意したことだわ。あなたも知っているはずよ」

「いったいなんのために？　ロンドンに戻ることの何がそんなに重要なんだ？」

「ロンドンには私の仕事が、ダニーの保育所が、私たちの家があるわ！」

「ダニーは病気の間、保育所にはいけない。つまりきみは働けないんだ」

「あなたと話し合うつもりはないわ。これはあなたではなく私が決めることなの。私はダニーを家に連れて帰る。ロンドンに、今すぐに」

「どうやって？」ニックは疑うように眉を上げた。「ここでもダニーは搭乗拒否に遭うだろう。そもそも、きみが物事を理路整然と考えられない間は、病気の甥《おい》をきみに任せることはできない」

「あなたが私たちを家に帰してくれると信じるなんて、あのときの私は理路整然と考えられなかったようね」涙がこみあげたが、自分が動揺していると彼に気づかれるわけにはいかない。キャリーは必死にまばたきを繰り返した。

ニックはドア口で足を止め、振り返った。「ダニーはすでに車に乗っている。きみが一緒に来るかどうかは、きみしだいだ。だが、とにかくダニーは今晩、僕と一緒に家に帰る」

ニックは静かに前を向き、タラップを下り始めた。キャリーは慌てて彼を追った。戸口を出て暖かな夜気の中に出る。「待って!」タラップのいちばん上でよろめき、金属の手すりをつかんでバランスを保った。「あなたにそんなことはできないわ」

「もちろん、できる」ニックは振り向き、彼女を見上げた。彼の表情は容赦のないものだった。「すでにことは終わっている」

「でも、あなたは嘘《うそ》をついた。これは誘拐よ!」

ニックは一瞬、彼女を見つめた。弁解さえしようとしなかった。そしてジャケットのポケットから何かを取りだした。

「ここにきみのパスポートがある」ニックはそれを投げあげた。キャリーはとっさにそれをつかんだ。

ニックは彼女のバッグもタラップに置いた。彼女が降りるときに受け取れるように。「きみは好きにすればいい。だがダニーは僕とここに残る」

ああ、なんてこと! パスポートを見つめたキャリーは血の気が引くのを感じた。ニックはまだダニーのパスポートを持っているのだ。

「待って!」彼女はタラップを駆け下りながらもう一度叫んだ。「今すぐダニーのパスポートを返して」

下りながら自分の荷物を手に取る。

「僕は家に帰る」ニックは肩越しに言った。「きみは好きにすればいい」

キャリーは滑走路を歩いていくニックを呆然《ぼうぜん》と見つめた。胃がひっくり返り、胸がむかつく。こんなことが起こるなど信じられなかった。けれども彼を追わなかったら、彼は私を残してダニーを車で連れ去ってしまうだろう。

キャリーは自分にできる唯一のことをした。ショルダーバッグをつかみ、ニックのあとを追って必死に駆けだした。

7

カーテンの隙間《すきま》から差しこむ日差しに、キャリーは目を覚ました。ぱっと上半身を起こし、見慣れない部屋を見まわす。頭がぼんやりしていて、自分がどこにいるのか一瞬思い出せなかった。

だが次の瞬間、前日の記憶が一気によみがえった。ダニーが水疱瘡《みずぼうそう》にかかったこと。いつの間にかニックにコルフに連れてこられたこと。山道を登って人里離れた屋敷に到着したこと。眠れないでぐずるダニーをあやして長い夜を過ごし、ついにはダニーを抱いたまま椅子で眠ってしまったこと。

不意にダニーを抱いていないことに気づき、キャリーはよろめく足で立ちあがり、部屋の中を見まわした。だが、ダニーはベッドにもベビーベッドにもいなかった。

ニックが連れていったのだ！　彼はもう今ごろはアテネに向かっているかもしれない。あるいは彼の屋敷のあるどこか別の場所に。

いいえ、そんなことはありえない。キャリーは自分を落ち着かせようとした。何があったかわかるまで取り乱してはいけない。キャリーはドアへ急いだ。今にも心臓が胸を割って飛びだしそうだ。

ドアを開けて続きの部屋に飛びこんだとたん、キャリーの足が止まり、視線が一点に釘《くぎ》づけになった。

ダニーがマットを敷いたソファに寝かされ、ギリシア人の年配の女性におしめを替えてもらっている。おそらくニックが車中で話していた家政婦のイレーヌなのだろう。子育てのベテランだという話だったが、その言葉どおり、陽気なおしゃべりでダニーの気をそらさない。

「ようやくお目覚めか」ニックは彼女をちらりと見、それからまたソファを見やった。イレーヌが手際よくダニーに寝巻きを着せている。「何か朝食を持ってこさせよう」

ニックが朝食の注文をすると、ドアのそばに控えていた若い女性が急いで出ていった。イレーヌもダニーを抱きあげてから振り向き、キャリーにそっと渡して部屋をあとにした。

ダニーの無事を知って鼓動の速まりはおさまってはいたが、ダニーを再び胸に抱けたのはこのうえない喜びで、キャリーはぎゅっと抱きしめた。もはや熱もないし、汗をかいてもいない。具合はかなりよくなっているようで、気持ちよさそうにキャリーの肩で体を丸めている。

「本当にびっくりしたわ、抱いていたダニーを連れ去るなんて」キャリーは言った。「いったい何があったの？　なぜ私を起こしてくれなかったの？」

「ダニーが起きたら、きみは眠れなかっただろう」

「でもなんとか対処していたはずよ。病気の子供の面倒を見るということは、そういうことだから」

「床に落ちたらダニーが危なかった。そんな危険は冒せない。きみはもうひとりじゃないんだ」

キャリーはむっとしながら彼を見返した。彼の傲《ごう》慢《まん》な態度には耐えられない。けれども、ダニーの頭越しに彼と言い争いたくない。

「でも約束して。私が眠っている間にダニーを連れていくようなことは二度としないと」

「今回は例外的な状況だった」ニックは肩をすくめた。「ダニーのせいできみが徹夜するようなことがすぐに起こらないよう祈ろう」

キャリーはニックの憎まれ口に言い返そうとしたが、先ほどの若い女性がトレイに食事と飲み物を山ほどのせて戻ってきたのでチャンスを失った。

「さあ、朝食だ」ニックは、食事を外のバルコニーに運ぶよう女性に手ぶりで示しながら言った。「ダニーは食事をして、ミルクも少し飲んだ。では、僕は失礼させてもらう。やるべきことがあるので」

キャリーはダニーを膝に抱いてバルコニーのテーブルについた。バルコニーからの眺めはすばらしく、むさくるしいロンドンと比べたら別世界だった。ようやく食欲もわいてきた。出された朝食をすべて平らげると、キャリーはため息をつき、椅子の背にもたれた。

バルコニーにいるのは気持ちがいいし、眠っている赤ん坊を抱いていると気分も落ち着く。けれどもダニーはベッドに寝かせたほうがいいだろう。

キャリーは立ちあがり、ダニーを寝室に隣接した小さな居間に据えたベビーベッドに寝かせた。それからダニーを起こさないよう忍び足で寝室を通ってバスルームに入り、すばやくシャワーを浴びた。

数分後、清潔なワンピースを着ていたちょうどそのとき、ニックの声が背後から聞こえ、キャリーは文字どおり飛びあがった。

「ダニーは眠っているようだな」ニックは言った。「ちょうどいい、僕たちは話し合いが必要だ」

キャリーが振り向くと、戸口に立ったニックが不安になるほど強いまなざしでこちらを見ていた。攻撃をしかけるときを待ち構える捕食者を思い出し、キャリーの心臓は早鐘を打ちだした。

「ノックしなかったの？」キャリーは急いでボタンを留めながら腹立たしげにきいた。彼の視線がはだけた胸もとに注がれているのを意識して、体がかっと熱くなる。メノルカのときと同じように体が反応し始めた。あと数分早かったら、下着姿を、あるいは裸身を見られていたかもしれない。

「驚かせたのならすまない」ニックは謝っているとは思えない口ぶりで言うと、寝室にまっすぐ入ってきてドアを閉めた。「ダニーを起こさないよう、静かに入ってきたんだ。落ち着いて話せるように」
閉められたドアを見て、キャリーは不安になった。別の部屋へ行こうと提案したかったが、彼に恐怖を感じていることを悟られたくなかった。

視線を彼に戻したとき初めて、彼もシャワーを浴びて着替えていることにキャリーは気づいた。髪はまだ濡《ぬ》れているし、服もいつものデザイナーズ・スーツではなく半袖《はんそで》のクリーム色のシャツと黒いズボンというカジュアルないでたちだ。もっとも、それで威圧感が弱まることはなかった。

「ダニーの将来について話しに来た。早急に決めなくてはならない問題がいくつかある」

「結構ね」キャリーは肩をいからせ、彼の目を見すえた。「さっそく本題に入ってもらえてありがたいわ。でもその前にひとつだけはっきりさせておきたいの」

「なんだ？」ニックはいらだった様子で彼女を見た。

「私の同意なしに何かをするのはやめて。私の許可なくコルフに私たちを連れてきたことを許したわけじゃないの。同じ手に二度引っかかるほど私を世間知らずだとは思わないでね」

「もう終わったことだ」ニックは言質《げんち》を与えないよう注意して答えた。「過ぎたことは関係がない。今、僕たちはここにいる。僕たち全員の将来にかかわる問題を抱えて」

「私には関係あるの！」自分が悪かったと彼が認めるまでは引き下がれない。「あなたは私をだましたのよ！　あなたはロンドンへ——」

「これまで、きみはずっと主張してきたはずだ。ダニーがいちばん大事だと」ニックはキャリーの言葉を遮った。「だとしたら、ダニーの将来に関する問題の決定を先延ばしにするのはやめるんだな」

その脅すような口調は、彼が簡単に目的を見失うつもりはないと言っていた。そして私もそのつもりはない。「私は絶対にダニーをあきらめないわ」キャリーは、それが彼を説得する最善の方法であることを祈りながらきっぱり言った。

「僕もだ。だから、僕はきみに妥協案を提示しに、こうしてやってきた」

「妥協案？」彼が親権の分割を提案するつもりなら、同意する気はない。せっぱつまったら、面会権には同意するかもしれない。それでもダニーをあきらめることは絶対にしないつもりだ。そんなことをしたらソフィーとレオニダスとの約束を破ることになる。

手放せないほどダニーを愛しているのだ。とりわけニックのような嘘《うそ》つきに渡すわけにはいかない。

「きみは僕と結婚する。そして二人でダニーを育てることにしよう」

キャリーは呆然《ぼうぜん》と彼を見返した。何かの聞き間違いだろうか？　眠れない夜が続いたせいかもしれない。そうに決まっている。だって結婚してほしいと本気で言っているはずはない。「今、なんと言ったの？」尋ねる声がかすれる。

「僕たちは結婚する」

「頭がおかしくなったの？」キャリーは驚いて彼を見つめた。

「そんなことはない。きみがダニーのそばにいたいのなら、結婚が唯一の解決策だ」

「私はあなたと結婚なんてしないわ」キャリーは彼が本気なのだとようやく理解したが、それでもこうした会話をしていることが信じられなかった。「こんなばかげた話、聞いたことないわ。私はあなたを好きでさえないのに！」

「僕がきみに提示できる唯一の妥協案は結婚だ」ニックは冷たく言った。「それに覚えておくんだ。これは今回限りの提案だ。今すぐ同意しないなら、きみは永遠にダニーを失うことになるだろう」

「その提案のどこが妥協なの？」あまりに現実離れ

した提案に声が高くなるのがわかる。「大嫌いな誰かと結婚するとしたら、価値観も信念もすべて妥協することになるのよ」

「妥協しているのは僕だ」ニックの声が鋼のように空気を切り裂いた。「僕と結婚すれば、きみはダニーの人生の一部でいられる。きみが拒絶するなら、僕は今すぐきみをこの屋敷から追いだす。きみは二度とダニーに会えないだろう」

「そんなこと、できないわ！」

「僕は自分の望むことならなんでもできる。さあ、答えを聞かせてくれ」

「私は決してダニーをあきらめないわ！」キャリーは涙がこみあげるのを感じた。ニックの前で弱気を見せたくなくてまばたきで抑える。なんて嫌なやつ。こんな信じられない要求をするなんて。

「つまりきみは同意したということだな」ニックは背を向け、歩きだした。「さっそく僕たちの結婚の手配を始めよう」

「いや」キャリーはニックに駆け寄り、腕をつかんだ。「私の同意なしに結婚することはできないわ」

「きみの同意ならとってみせる」

「いいえ、無理よ！」

「僕は欲しいものはどんなものでも手に入れる」彼の視線が彼女の全身を走った。その目つきにキャリーの五感が赤信号を発したものの、期待のさざなみが体じゅうに広がっていく。

「つまり、セックスのことを言っているの？」キャリーは唾《つば》をのみこみ、彼の腕を放して一歩あとずさった。「私をベッドに連れこむためだけに、そんな提案をしたの？」

「うぶな娘みたいなことを言うな」ニックはじりじりとつめ寄った。「なぜ僕がそこまでする？　きみはいつも自分からえじきになってきた。ダレンの書斎で初めて会ったときからずっと、きみは僕を欲しがってきたじゃないか」

「いいえ……そんなことはないわ」キャリーはさらに一歩あとずさった。鼓動が速まり、胃がひっくり返る。

「恥ずかしがることじゃない」ニックは不意に距離を縮め、両手で彼女の頭の後ろを包んだ。「それはお互い様だ。僕も最初からきみが欲しかった」

「私はあなたを欲しくなんかないわ！」キャリーは彼の手を振り払おうとした。

「なぜ欲望にあらがう？」

ニックが彼女の両手首をつかんで頭上に掲げた。自然と胸のふくらみが前に突き出る。

「だって、あなたが獣だから！」キャリーは両手を下ろして手首を振りほどこうとした。けれども突然、自分の体勢を意識し、興奮が体を貫いた。「あなたは私に嘘をつき、私を誘拐し、今度は私を脅しているわ」

「だが、それでも僕はきみを興奮させている」

「いいえ」キャリーは必死に否定したが、自分の胸をさらに突きだして、彼の胸に押しつけたいという衝動を抑えられなかった。

「いいや、間違いなく僕はきみを興奮させている」

彼は前に体を押しだして胸を彼女の胸の頂にかすめさせ、それから体を引いた。取り残された彼女の胸の頂が欲求不満にうずく。

「きみは僕に触れられたくてたまらないはずだ」

「いいえ」キャリーの声がかすれ、封じこめられた欲望で体がざわついた。

「きみの全身に触れよう」ニックは彼女を抱き寄せ、胸と胸を再び接触させた。「きみの体を一センチ刻みで探索し、きみが触れてほしい場所をすべて見つけて僕のものにしよう」

キャリーはきつく目を閉じ、全身を駆け巡る欲望を無視しようとした。だが不可能だった。ニックに自分を抱かせるなんてとんでもないことだとわかっているのに、それ以外何も考えられない。どうしても彼に抱いてほしかった。

「あらがうな」ニックは彼女の手首を放し、彼女の背中に手をまわした。ようやく彼が抱きしめてくれるのだとキャリーは思った。「僕たちは二人ともこうしたいんだ。約束しよう。後悔させないと」

キャリーは彼を見上げた。彼の目に自分への欲望を見て取る。自分がつかんでいた彼のシャツの前がしわになっているのを目にして、彼を押し戻すのではなく、引き寄せていたことに気づいた。

彼に唇を奪われるや、もはや何も考えられなくなった。そして、気づいたときには、キャリーは彼と同じくらい激しく応《こた》えていた。唇を開き彼の舌を受け入れる。頭がくらくらして体が震えたが、彼にしがみつき、ほかのことなどどうでもいいというようにキスを続けた。興奮の波にのみこまれ、キャリーは思わずよろめいた。それは魂が粉々になるようなキスで、キャリーは衝撃を受けるほど強い欲望をニックに覚えていた。

いつの間にか彼の手が優しく胸を包んでいて、とたんに意識の中心がそちらに移った。

ニックはワンピースの生地の上から親指で胸の頂をもてあそびながら胸を愛撫《あいぶ》した。

キャリーの首の筋肉が弛緩《しかん》し、彼がキスをやめると、頭ががくんと後ろに垂れた。唇から歓喜のため息がもれる。彼の手に触れられるのはこのうえなく気持ちよかった。すばらしい感覚が全身を包んでいく。けれどももっと欲しい。もっと必要だ。

彼女の手が勝手に動き、ワンピースのボタンを外しだした。ひとつ、二つ、三つ、やがてニックの手でワンピースの前を開かれた。白いブラジャーはフロントホックで、胸はすぐに解放された。

ニックがかがみ、胸の頂を口に含んだ。キャリーは声をあげ、両手を彼の髪に差しこんで頭を引き寄せた。彼はさらに胸の頂を奥まで含み、強く吸って舌で転がした。

欲望が奔流となって体を駆け巡る。快感のあまりの強さにキャリーはうめき声をもらしてきつく腿を閉じた。こんな感覚は生まれて初めてで、自分の激しい反応にうろたえる。脚の力が抜けるにつれ、自分が揺れているように感じた。

ニックは彼女を抱きあげ、ベッドに運んだ。そして彼女の隣に腰を下ろし、覆いかぶさってきて、欲望のみなぎる目で見下ろした。キャリーの中で興奮が高まり、期待で体が震えだす。彼が動くのが待ちきれなくなり、両手で彼の肩をつかみ、引き寄せた。

彼の顔が彼女の顔のわずか数センチのところで止まった。キャリーは彼のシャツをズボンから引きだし、シャツの下に手を入れて彼の肌に触れた。それでも彼はじっと彼女を見つめていた。

キャリーはシャツのボタンを外しだした。彼の裸身を見たかった。彼の肌にじかに触れたかった。

すると、彼が体を押しつけ、彼女の手を二人の体で挟んでからキスした。情熱的で激しい征服のキスだった。彼の舌が彼女の唇を割って口の中に押し入る。彼女も舌を動かして彼の舌を迎え、それから二つの舌はさらに官能的に動きだした。

ようやく彼が少し体を持ちあげ、彼女の両手が自由になった。彼女は手を彼の背中にまわし、撫《な》でさすった。だが彼がじっとしていることはなく、突然自分の両手を彼女の両側に置いて、片方の膝を彼女の腿の間に入れ、覆いかぶさってきた。

キャリーの息が荒くなる。彼への欲望があからさまになっていることなど気にせず、飢えた目で彼を見上げた。彼は脚を使ってワンピースの裾《すそ》を巧みに押しあげながら体を揺すりあげた。

彼のたくましい腿で脚の付け根をこすられると、

快感が全身を突き抜け、キャリーの口からあえぎ声がもれた。すると、彼はその声に刺激されたように彼女の脚の付け根を押しながら腿を繰り返し上下させ、不意に彼女の意識はその一点に集中した。

キャリーは脚の付け根のうずきにうめき声をあげ、彼を見上げた。彼の目には激しい欲望が読み取れた。同時に、ワンピースの薄い生地越しに押しつけられる彼の高まりが感じられた。

キャリーは再び手を伸ばし、今度はベルトのバックルを外した。すると突然、彼が体を起こして彼女の両手を押しのけた。ベルトを手荒に外し、残りの服もすべて脱いだ。

それから彼はベッドの傍らに一糸まとわぬ姿で立った。キャリーは彼のすばらしい肉体を賞賛の目で見上げた。彼を見たいという欲望と彼に触れたいという欲望の二つに引き裂かれたが、そのどちらをする時間もなかった。再び彼が覆いかぶさってきて、彼女のショーツを一気に脱がせ、ほうり投げたのだ。

ニックが腿の間でひざまずくと、彼女の鼓動が乱れた。体が彼への欲望で弓なりになる。だが最後の瞬間、不安がわきあがった。私は彼が欲しい。けれどもこれは私がしたいことじゃない。

キャリーは彼を見上げた。私は初体験だけれど、体は自分が欲しいものを知っている。私の中で彼が動くのを感じたい。その欲望は一秒ごとに募っていく。彼女は脚を開き、彼を自分の中へと導いた。

ニックはためらった。彼女がこれ以上待てないというようにもだえ、腰を彼のほうに突きだしている。その瞬間、彼は押し入った。ようやく二人の体がひとつになり、彼女は一瞬鋭い痛みを感じた。

何が起こったのか悟ったかのように、突然ニックは動きを止めた。そしてなんとも言いがたい表情を浮かべてキャリーを見下ろした。

痛みは一瞬にして過ぎ去った。キャリーは自分の体が彼に適応したのを感じると、満足の長いうめき声をもらした。

けれども、それは始まりにすぎなかった。彼が動き始めると、突き上げられるたびに快感が波となって、体の芯《しん》から指先まで広がっていった。

少しずつ頂点が近づくにつれ、キャリーは本能的に膝を上げて胸に引き寄せ、腰を浮かせて、ニックをより深く受け入れようとした。彼にしがみつき、彼の腰をつかんでできるだけ自分の腰に引き寄せようとする。

キャリーは自分が爆発するように感じた。頭を上げ、彼の首に歯を立てる。そして、彼女はのぼりつめた。爪先が丸まり、息が止まる。絶頂が津波となって自分をのみこむのを感じる。のけぞって頭を枕《まくら》に落としながら、彼の名を叫んだ。想像を超える強烈な絶頂がさらに続いた。

間をおかずにニックがひと声叫び、彼も絶頂を迎えたことをキャリーは知った。彼は体を反らし、彼女の上で一瞬動きを止めて頂点を迎え、それから荒い息を吐きながら彼女の上に崩れ落ちた。

キャリーは彼を抱きしめ、彼の鼓動を自分の胸で感じつつ、心から満足して体をベッドに沈めた。

ニックはまだ彼女の中にいるのを感じながら、彼女の上になっていた。

僕は正しかった。キャリーはすばらしかった。いや、〝すばらしい〟という言葉は適切ではない。〝信じられない〟という表現のほうがふさわしいだろう。ニックは肘をついて体を浮かせ、寝返りを打って彼女の隣に横たわった。キャリーを見ながら鼓動が平常に戻るのを待つ。しだいに彼女の息遣いもおさまっていく。

キャリーは彼の隣で仰向けになっていた。今も花柄の夏のワンピースを着ている。抱き合ったせいでしわが寄り、前が少し開いて胸の谷間がのぞき、裾が腿のあたりまでめくれている。彼が下りたとき、体裁を繕うために裾を下ろしたに違いない。それでも彼女の長い脚はまだかなり見えていた。

彼女がそんなみだらな姿でそこにいると我慢できなくなりそうだった。ほとんど肌はさらされていないのに。実際、ブラジャーの前を外した以外は、脱がせたのはショーツだけだ。彼はそれを引き下ろして投げ捨てたときのことを思い出し、不意にもう一度彼女とひとつになりたい衝動に駆られた。

「キャリー」怒りと新たな欲望を感じながらニックは言った。「なぜバージンだと言わなかった?」

8

「あなたには関係のないことよ」

キャリーは上半身を起こし、彼の目を見返した。赤らんだ顔には挑戦するような表情が浮かんでいたが、その目の奥にある不安の色をニックは見逃さなかった。

「もちろん、関係ある」サッカー選手のパーティで気取って歩く彼女の姿がニックの脳裏によみがえった。あんなにセクシーに見える女性がバージンだなんてありえない。

「いいえ、関係ないわ」キャリーはベッドから下り、ワンピースの前ボタンを留めた。「あなたに今まで恋人が何人いたか、私はきかなかったでしょう」

「それとこれとは話が別だ。それに、いずれにしても僕自身の経験について誤解を与えた覚えはない」

彼はキャリーとのキスを残らず思い返してみた。彼女の反応はいつも激しかった。臆病《おくびょう》なバージンがあれほど僕に欲望を覚えるはずはない。

「私のせいで迷惑をこうむったような口ぶりね」キャリーはニックをにらみつけた。

「きみは僕に嘘《うそ》をついた」ニックは立ちあがり、ズボンをはいた。「二度とそんなまねをしたら許さない」

「私は嘘なんかついていないわ。あなたが勝手に推測したのよ」

ニックは、両手を腰に当ててにらみ返しているキャリーを見た。彼女のブラジャーのホックはまだ外れたままだし、ショーツもはいていない。強いうずきが彼の全身を駆け抜ける。

彼女は成熟し、摘み取られるのを待つばかりになっている。そして僕は彼女の肉体のすばらしさを味わった唯一の男だ。彼女が僕にその肉体をささげた今、ほかの男には渡さない、絶対に！

「すぐに結婚しよう」ニックは言った。

「あなたと結婚するつもりはないの」彼の信じられないような申しこみのことをすっかり忘れていたキャリーは息をのんだ。「あなたとの結婚に同意した覚えはないわ」

シャツを着る彼を見ながら、キャリーは唇を噛《か》んだ。彼が本気で結婚のことを話しているはずはない。そうでしょう？

「きみは僕の申し出を理解したと考えている」

「あれは申し出なんかじゃないわ」キャリーは冷静な口調を保とうと心がけた。顔を上げ、この事態を切り抜ける方法を探さなくてはならないと思う。

「あれは脅迫よ」

「きみがどう呼ぼうと事実は変わらない。僕と結婚してダニーの人生にかかわっていくか、ここを去って、二度とダニーに会わないか、だ」

「私は闘うわ」パニックに襲われ、キャリーは声を高くした。「弁護士を頼むわ」

「どうぞご自由に」ニックはきびすを返し、ドアに向かった。「イレーヌに荷造りを手伝わせようか？」

「いいえ！」キャリーはニックを追いかけ、腕をつかんで引き止めようとした。そのとき以前に同じことをして何が起こったのかを思い出し、まわりこんで寝室のドアにもたれて彼の前に立ちはだかった。

「ここを出ていきたくないのか？　ようやく分別を持ってくれてうれしいよ。それが誰にとっても最善の道だ」

「いいえ、私たちはまだ話し合いを終えていないわ」キャリーは彼に圧倒されまいと必死に彼の顔を見上げた。

「きみの選択が二つにひとつしかないことはわかっているはずだ」ニックは彼女を見すえた。「ダニーがこの家から離れることを僕は許さない。ということは、法定代理人を見つけるつもりなら、きみはここにダニーを残していかなくてはならないということだ。僕はそれでもかまわない。だがきみがダニーを手放す気でいるなら僕には驚きだ。それは、きみがダニーのためならなんでもすると言ってきたことと矛盾するんじゃないか」

「私はダニーを手放したりしないわ」ダニーを残して出ていくなんてとんでもない。そんなことをしたらダニーと二度と会えないかもしれない。

「だったら、僕との結婚に同意するんだな」

彼にのしかかるように立たれ、キャリーはドアに背を押しつけて身をすくめた。どうしてこれほどの深みにはまってしまったのだろう？　彼にはお金も権力もあり、私にはとうてい太刀打ちできない。

「なぜ私たちが結婚しなくてはならないのかが理解

できないの」キャリーは時間稼ぎに言った。彼に調子を合わせて私のことを信用させることができたら、ダニーを彼から引き離す方法が見つかるかもしれない。「私たちはお互いのことを知らないわ。そんなの本物の結婚にならない」

「いや、なるさ」彼の射るようなまなざしに彼女の体は芯《しん》から震えた。「誤解するな。これはあらゆる意味で正式な結婚になり、きみには正式な妻がするあらゆることをしてもらう」

「でも……なぜ？」キャリーは口ごもり、唇を噛みしめて彼を見上げた。

ニックは、感情が揺れ動くキャリーの表情を見下ろしながら考えた。彼女はポーカーフェイスが下手だ。考えていることが顔に出てしまう。

「それが僕の甥《おい》にとっていちばんいいことだからだ」ようやく彼女を自分の望む場所に追いこんだことに満足してニックは言った。

「でも私の仕事はどうなるの？」キャリーは必死に反論した。

「僕の妻になれば、そんなものは必要なくなる。きみとダニーに快適な生活を提供することなど僕にとっては造作もない」

「それがあなたにとってどんな得になるのか、私にはわからないわ」

「僕は自分の損得など考えていない。今も言ったように、すべてダニーのためだ」

「でもお互いを好きになれない二人の男女に育てられることがダニーにとって幸せかしら？」キャリーは顔を赤らめながら尋ねた。

「僕はきみが嫌いではない」ニックは彼女に一歩つめ寄り、彼女の髪に手を差し入れた。シャワーを浴びてまだ少し濡《ぬ》れている髪を肩の後ろに押しやると、彼女の体に震えが走るのがわかった。

「そんなの、正式な結婚にならないわ」

キャリーが肩をいからせ、彼の目をにらんだ。だが、ニックは知っていた。彼女は毎日毎晩自分とベッドをともにすることがどれほどすばらしいか、考えているはずだ。

「ほかの人にはわかるわ」

「誰にもわからないさ」ニックは警告をこめた低い声で言った。「きみはこの結婚の経緯を誰にも言わない。僕たちの結婚はダニーを守るためだ。だから幸せな結婚をしたと世間には思わせるんだ」

「本物の結婚でさえ、必ずしも幸せにはならないのよ」キャリーの声はささやき声のように小さくなっていた。だが、目は彼の目を見続けていた。

「僕は家庭を戦場にするつもりはない。友好的にやろう。さもなければ僕は申し出を取り消す」

彼の挑戦的な言葉に彼女の目がきらりと光った。けれどもニックは彼女が申し出を受け入れたと悟った。すぐにキャリーは自分のものになる。誓約書に署名して、僕に引き渡されるのだ。

キャリーは指にはめた結婚指輪を見つめた。結婚式は終わった。私はニックの妻だ。

彼が結婚を申し出てから二週間がたっていた。そしてこの二週間は呆然《ぼうぜん》としている間に慌ただしく過ぎていった。初めのうちはダニーの看病に全力を注いだ。ダニーの病気がよくなると、ニックと話そうとしたが、彼はつねに仕事をしているようだった。最後まで説得を試みたかったのだが、彼に会えなかった。そして今や手遅れだ。二人は夫と妻になった。

日差しを浴びてきらめく金の指輪を見ながら、キャリーは自分が結婚したことが信じられなかった。目のまわるような速度でいろいろなことが決まっていき、彼女が意見を言えたのは、ウエディングドレスを選ぶときだけだった。自分の人生が自分の手に負えなくなっているような感じだ。

「きみは今日もきれいだ」ニックが彼女にシャンパンのグラスを渡しながら言った。

驚いて目を上げたキャリーは、彼と二人きりだと気づいた。愛し合ったとき以来初めてのことだ。彼の目が欲望に激しく燃えているのを見て、心臓が早鐘を打ちだす。

「ありがとう」自分の頬が赤らむのがわかったが、キャリーは顔をそむけなかった。今や私たちは結婚した。夫と妻になったのだ。突然何もかもが違って見え、心の奥底で不安がわきあがるのを感じる。

「この結婚をうまくやっていくなんらかの方法があると僕は信じている」ニックは彼女の耳もとでささやき、首の敏感な場所にじらすように唇を這《は》わせた。

彼の温かい息が髪にかかり、キャリーは快感に身を震わせた。突然、彼に抱かれた記憶がよみがえる。あれほど圧倒的な経験になるとは想像していなかった。しかも初体験で。

「ドアに鍵《かぎ》をかけて、今すぐきみを抱きたい」彼は手をゆっくり背筋に沿って下に滑らせた。

キャリーは、うなじの毛が逆立ち、体の芯で熱い欲望がわきあがるのを感じた。「私たちがしていることをみんなに知られないかしら？」声は震えていたが、わきあがる興奮に、彼女は思わず彼にもたれていた。

不意にキャリーの体が期待でざわめいた。再びニックに抱かれるすばらしさを味わいたがっている。この二週間、そのことを頭から払いのけることができなかったのだ。

「そんなことは問題じゃない。僕たちは結婚したんだ」ニックは彼女の手からシャンパンのグラスを取りあげ、彼女の顔を両手で包んだ。「だが、僕は今すぐ出かけなくてはならない」

「なんですって？」キャリーは驚いて体を引き、彼を見つめた。本当に今すぐ出かけると言ったの？

「どうしてもキャンセルできない約束がある」

「でも……今日でなくてはいけないの？」キャリーは屈辱を感じながら息をあえがせた。窓の外に目を向けると、ヘリコプターが近づく音がした。

「僕だって行きたくはない。だが重要な仕事でね」

彼はきびすを返し、ドアに向かって歩いていった。

部屋を出るころには、振り向いて彼女を抱きしめるのを我慢したニックの体はこわばっていた。本当は仕事をキャンセルしたかった。ずっと以前から取り組んできた重要な買収案件が最終段階にあるのだとしても。今この瞬間、キャリーをベッドに連れこむことより重要なことはないように思えた。

僕らしくない、とニックは思った。僕は女性に欲望を覚える血の通った男だ。だが、セックスよりビジネスを優先するべきときをつねにわきまえてきた。それなのになぜかキャリーには夢中になり、いつもなら決してしないことをしたくなる。

五日たっても、ニックは別荘に帰ってこなかった。キャリーはバルコニーに腰を下ろし、ダニーに朝食を食べさせながら、自分から飛びこんだ状況について考えた。

ニックは、ダニーの人生の一部になりたいと言った。なのに、ここにいようとしない。彼が二度と戻らなかったら、私はどうなるのだろう？

キャリーは澄んだ青空と、眼下できらめく青い湾を見て顔をしかめた。そろそろニックを待つのをやめるときだ。

今日は地中海ならではの美しい日で、キャリーはダニーを連れて散歩に出るつもりだった。すでに別荘の美しい庭はくまなく探索していたが、今日はさらに遠出すると決めていた。先日見つけた、プライベートビーチに下りる道を行ってみよう。

キャリーはジュースを飲み干すとダニーを食事用

の椅子から抱きあげた。「さあ、行きましょう」ダニーにほほ笑みかける。「今日は少し歩いてみる？」

彼女はダニーの両手を取って、よちよち歩きをさせた。すでにダニーは一カ月前から部屋の中でつかまり歩きはできるようになっている。それでもまだ本気で歩きたいというそぶりは見せていない。

三十分後、キャリーはビーチへと続く曲がりくねった道を歩いていた。木製のスロープを下りていくのは楽しかった。道は急で、イレーヌがどこからか調達してくれた三輪の乳母車がありがたかった。しかし、たとえダニーと重いバッグを運ばなくてはならなかったとしても、きらめく海が少しずつ見えてくる光景に目を奪われていただろう。

ダニーと二人きりでの外出は心弾むものだった。まもなく最後の角を曲がると眼前に、伸びやかにカーブを描くビーチときらめく青い海が現れた。だが前方の背の高い錬鉄製の門が、彼女の行く手をふさいだ。

彼女は足を止め、門を見つめた。鍵がかかっているのかしら？　戻らなくてはならない？　そのとき、門が音もなく内側に開き、キャリーは門柱の上の小さなカメラとインターホンに気づいた。

「ありがとう！」ニックが最高のセキュリティ・システムだと評していた言葉を思い出しながら、キャリーはカメラを見上げてほほ笑んだ。カメラはビーチも同じように監視しているはずだ。通常はクリスタリスの地所への侵入を阻むためのものだが、今回は、私が近くを通過するヨットを止め、ダニーを連れて逃げないようにするためだ。

そのときダニーが泣きだした。安全ベルトを嫌がって乳母車の中で体をくねらせている。ビーチに来るのが初めてのダニーは、目を見開き、興奮したように海を見ていた。

キャリーが乳母車を押して門を通り抜けると、そこは数段下りればビーチという踏み段の上だった。

キャリーはダニーを抱きあげ、狭いビーチをざくざく音をたてて海を目指して歩きだした。興奮したダニーの叫び声が頬にくすぐったい。

「きれいでしょう?」キャリーは美しい光景に見とれながらつぶやいた。確かに魅力的な湾だった。弧を描く銀色の小石の部分が途切れると金色の砂浜となり、その砂浜を波が優しく洗っている。小さな湾の両端は黄土色の絶壁が青い海に切り立っている。背後には木製のスロープが急斜面に張りつき、彼女は美しい楽園に隔離されていた。

日陰が欲しければ、ビーチを縁取る古いオリーブの枝の下に入ればいい。けれどもキャリーは日光の下を選んだ。ダニーを下ろし、わきにしゃがんで平らな小石をつかむ。どの小石もなめらかで丸く、跳ね石遊びにはもってこいだった。

キャリーは体を沈ませ、手首を使って小石を海に向かって投げた。小石は一度、二度と跳ね、ぽちゃんと沈んだ。

ダニーは笑い声をあげ、自分も小石を手にいっぱいつかんで海に投げつけた。

「あらあら、どうしましょう」キャリーは苦笑いした。「あなたに教えるんじゃなかったわ!」けれども教えずにはいられなかった。

数分後、ダニーの熱心な反応に勇気づけられ、キャリーは立ちあがって跳ね石投げの練習を始めた。こんな遊びは久しぶりで、どんなに頑張ってみても二度以上跳ねさせることはできなかった。

不意に肩越しに小石がかすめ海面を飛んでいった。一度、二度、三度、四度、五度跳ねてから沈む。

キャリーが息をのんで振り返ると、ニックが立っていた。

ニックはにっこり笑っていた。それは今までに見たことのない、心臓が止まりそうなほどすてきな笑顔で、キャリーの胸がどきっとした。

キャリーは彼の笑顔の温かさにつられて同じようにほほ笑み返していた。興奮が一気に体内を駆け巡る。この五日ずっと彼の不在に腹を立ててきた。だがなぜか彼のほほ笑みには気分を高揚させる力がある。たちまちキャリーはベッドでの記憶を思い出し、彼の全身に視線を走らせていた。

体にぴたりとした黒のTシャツに、はきこんだジーンズ姿の彼はただもう信じられないほどすてきだった。前にもカジュアルな格好を見たことはあるが、今日のいでたちがいちばん似合っている。半袖《はんそで》からは輪郭のはっきりした腕の筋肉が見えているし、細身のジーンズは筋肉質で長い脚を強調していた。

「やあ、元気かい、キャリー？　ダニーは？」

「二人とも元気よ」彼に見つめられて、頭がまともに働かない。

「それはよかった。ここにいるときはいつもそうあってほしいね」ニックは二人の隣に膝をつき、かがんでダニーの顔をのぞきこんだ。「やあ、ここで何をしているんだい？」

キャリーは二人を見ながら奇妙な感覚が胸に広がるのを感じた。記憶にある限り、ニックが直接ダニーに話しかけたことはなかったはずだ。彼は初めて自分の甥《おい》とまともに向き合おうとしている気がする。

「ええと……石の投げ方を勉強していたのよ」キャリーはぎこちなく答えた。

「跳ね石遊びは誰もが好きだからな」ニックは肩をすくめ、ダニーと目を合わせたまま言った。「まわりに人がいるときは気をつけなくてはいけないこともきみに教えないとな。そうだろう？」

ダニーはにっこり笑い、両手を上げた。まるでニックに抱きあげてもらいたいようだ。ニックはちらりとキャリーを見、それから手を伸ばしてダニーを抱きあげた。

「さあ、歩こう」ニックは立ちあがり、金色の砂浜の波打ち際に沿って歩きだした。

キャリーは前よりさらに不安に駆られながら二人の後ろをついていった。ニックがダニーと仲良くしようと努力していることはいいことだ。なのに、どうして気になるの？　私はダニーのためにニックと結婚した。ニックがダニーと良好な関係を築こうとしていることを喜ぶべきなのだ。

「昔は兄とよく跳ね石をやったものだ」ニックは肩越しにそう言うと、足取りを緩めて彼女の歩調に合わせた。「よく二人で競争したんだ」

「私は下手なの」ニックが個人的な話としてレオニダスについて語るのは初めてだとキャリーは気づいた。今日はニックに驚かされてばかりだ。そしてそれが私を不安にさせる。

「僕たちはたくさん練習した。二人ともいちばんになりたくてね」

「このビーチで？」二人の子供時代はどんなふうだったのだろうと考えつつキャリーは尋ねた。レオニダスはダニーを自分とは違うように育てると決めていた。高圧的な父親に厳しく育てられるようなことはしないと。

「いいや、だがよく似たビーチだ。本土の両親の地所にある。この土地は僕が数年前に買ったものだ。町の喧騒《けんそう》から逃れたいときのために」

キャリーは唇を噛み、ニックを見た。家族の話をすると気まずくなることがあったのを思い出す。今その話題を持ちだしたら、彼がどう反応するかわからない。

「どうしてあなたは数週間前までダニーのことを知らなかったの？」キャリーは彼がどう答えるか身構えながら尋ねた。

不意にニックは足を止め、振り向いた。明るい朝の日差しを浴びて、彼の目はいつもよりさらに生き生きと輝いていたが、目の奥には暗い影があった。

「僕と兄はしばらく疎遠になっていた」ニックは珍しく困ったような顔をした。「兄がきみの従姉《いとこ》と結婚したことも、まして子供が生まれたことも知らなかった。兄の死を知ったのも葬儀のあとだった」

「けれど、あなたのお父さまは知っていたわ。葬儀にいらっしゃったもの」コズモがいかに不愉快な人物だったかを思い出し、キャリーは身を震わせた。「ダニーのこともはっきり知っていたわ」

「父は僕に何も話さなかった。兄が死んだと聞かされただけだ。しかも、葬儀のあとに」

「お父さまがそんな大事な知らせをなぜ秘密にしていたのか、私にはわからないわ」キャリーはそう口にしたものの、言い終える前にその理由に気づいていた。コズモはダニーをクリスタリス家の一員として認めたくなかったのだ。ニックが兄の息子を引き取りたいと言いだすことを恐れていたに違いない。

「僕の父は難しい男だった」父がダニーのことを秘密にしていた理由を彼自身わかっているのかどうかには触れずにニックは答えた。

キャリーはニックが話を続けることを願いながら待った。兄弟が何年も口をきかなくなり、父が孫を拒むようになるほど家族がもめた理由を知りたかった。レオニダス側の話は、少なくとも彼がギリシアを去った時点までは知っている。けれどもキャリーはニックの説明が聞きたかった。

長い沈黙が流れたが、ニックは口を開こうとしなかった。沈黙を破ったのはキャリーだった。自分の子供時代の話をすれば、彼も話してくれるのではないかと期待した。

「私の父はつき合いにくい人だった。私は子供時代ずっと父を知ろうと努力したの。でもいつも最後には失望させられたわ」

「何があったんだ？」

キャリーは彼を見て、彼が本気で彼女の生い立ちを知りたいと思っているようだと感じた。なぜか彼はいつもそういった個人的な話を避けているように感じてきた。しかし妻には例外をもうけるつもりなのかもしれない。

「私が成長する間、父はつねにできるだけ遠くの仕事を選んできたような気がするの。船舶機関士で、世界じゅうどこにでも出かけたわ。伯父と伯母はそのことに反対だった。父は自分が望めば、家に近い仕事に就けるはずだ、仕事依存症《ワーカホリック》だと」キャリーはそこで言葉を切り、深呼吸をする。「伯父夫婦は私を育てたくなかったの。でも養育費として父が送ってくる小切手が欲しかったのね。お金を払ってもらえるから育ててくれるんだと感じていたわ」

「つらい思いをしたんだろうな」

「ええ」キャリーは湾と反対側の木製のスロープを見つめていたが、考えているのは自分の子供時代のことだけだった。「父には何度も失望させられたわ。私の誕生日も、ほかの重要な日も覚えていたことがないし。私はとにかく父と話がしたかった。でも父はいつもそばにいてくれなかった」

「今でもお父さんとは会っているのか？」

「めったに会わないわ」キャリーはニックを振り向いた。彼の青い目は真剣そのものだった。「いったん家を出て独立すると、私の人生は楽になった。十八のとき、わずかながら母の遺産をもらえたの。ロンドンのフラットの保証金を払うのに充分な額だった。それから私はフィットネス・インストラクターとして働きだした。昔からスポーツは大好きだったから、しばらくは絶好の逃げ道になったわ」

ニックは私の目を見たまま熱心に耳を傾けている。私の子供時代がときどきひどくつらいものであったことを彼は理解してくれたようだ。

「僕の父はよき父親としての義務を忘れたことはな

かった。そしてレオニダスと僕には、父の息子としての義務を教え諭してきた」ニックは家族について話している自分に驚いているかのように、息を吸いこんだ。「父はどんな重要な日も忘れたことはない。たぶん父の秘書がメモを渡していたんだろう。だが僕たち兄弟も父と話はできなかった」

「レオニダスに聞いたところでは、お父さまは、あなたたちがクリスタリスの名に恥じない行動をしている証明となる成功談しか聞きたがらなかったそうね。だからあなたのお兄さまはダニーを同じように育てたくはなかった。私も同じ意見よ。私もレオニダスも子供に心から関心を持たない父親を持つとどうなるか理解していたわ。ダニーには自分は愛されていると感じながら成長してほしいとお兄さまは思っていたの」

キャリーは足を止め、ニックの腕の中にいるダニーを見つめた。涙で光る目をニックに見られていることには気づいていた。

「僕も同じことを望んでいる」ニックは静かに言った。「だから引き取った。ダニーにはまともな父親となれる人間が必要だ」

「あなたはまだ私の質問に答えていないわ」キャリーはまばたきをして涙をこらえ、再び歩きだした。

「お父さまに聞いたのでないのなら、どうしてダニーのことを知ったの？」

「父の死後、個人的な書類を見ていて知ったんだ。兄の息子に関する書類を見つけるやいなやその行方を追跡しだし、きみにたどり着いた」

「そうしてくれてよかったわ」

不意にキャリーは立ち尽くした。自分が何か重大なことを言ったことに気づく。

「つまり……つまり……あなたが私たちをここへ連れてきたやり方に賛成したわけじゃないのよ。あんなふうに人をだますのは今でも許せない。でも叔父さんと知り合えてダニーにはよかったわ」

ニックが彼女の隣で足を止め、彼女を見つめた。

二人の間で突然、空気が張りつめる。

「キャリー……僕たちが今この場所に来ることになった経緯については、お互い忘れようじゃないか。起こったことは変えられないんだ。だがダニーにとっていい人生をつくることはできる」

「わかっているわ」いきなり鼓動が速まったが、キャリーはなんとか冷静な声を出そうとした。二人は隣が広大な海という開けた場所に立っていた。けれどもその瞬間、ニックとともに嵐《あらし》が吹き荒れる狭い場所に閉じこめられているような気がした。

「できるなら、過去に戻ってレオニダスとソフィーの運命を変えたい」ニックは言った。「だが、それは僕の力の及ぶことではない。何より、僕の力でできることをしていたらと思うよ。レオニダスが死ぬ前に仲直りしておくべきだった」

キャリーは苦渋に満ちた声に圧倒されながら彼を見つめた。兄のことを話すとき、ニックはいつも落ち着いて見えた。しかし、今の彼は本当の感情を見せていた。

「あなたたちの間で何があったの？」

「あれは母が死んだあとのことだ。母は僕たちの家族をひとつにまとめられる唯一の人間だった。きみのお父さんと同じように僕の父も仕事人間で、〈クリスタリス・インダストリー〉が父のすべてだった。父は家族のための時間を持たなかったんだ」ニックは言葉を切り、息をついた。「母は僕たちの間の緊張をほぐしてくれた。父をなだめ、父と会えないときに兄が過激な行動に出ないようにしてきた」

「お母さまが亡くなったあとで何が起こったの？」

キャリーは静かに促した。

「レオニダスは悲しみに打ちひしがれた。父も僕も、だ。兄は父と激しく対立した。何についてだったかは覚えていないが、最後には兄が出ていった。もう家族とは縁を切ると言い捨ててね」

「あなたは、お兄さまと話し合おうとしなかったの？」

「僕たちは言い争いになった。安直な解決を図っていると兄を責めたんだ。母の思い出に敬意を払っていないと。母は僕たち家族をひとつにするためにずっと身を削ってきた。それなのに母が死んだとたん、兄は出ていこうとしたんだからね」

「大変だったのね」クリスタリス家の男たちが三人ともいかに強引で頑固か、彼女は知っている。

レオニダスが彼女の従姉と結婚してから、キャリーは彼を好きになった。けれども彼はいつも炎のようなギリシア人特有の気性をのぞかせた。コズモとの一度きりの対面も、彼の人柄を知るには充分だった。それに自分が欲しいものを手に入れるときのニックの強引さもじかに知っている。

その三人が衝突したときに散らしたはずの火花を想像してキャリーは身震いした。

「さあ、もう別荘に戻らないと」不意にニックの声が彼女の物思いを断ち切った。

「でも……まだここに来たばかりじゃない」ニックともっといたいと切実に思っている自分に気づき、キャリーは驚いた。「どうしてそんなにすぐに戻らなくてはいけないの？」

「仕事だ」ニックはダニーを彼女に渡しながらそっけなく言った。「避けられないことだ」

彼はすでに小石を踏みながら門へ向かって歩きだしていた。

9

キャリーはベビーベッドをのぞきこみ、ダニーの髪を優しく撫《な》でた。ダニーはすやすやと眠っている。胸にいとしさがこみあげるのをキャリーは感じた。

そして部屋を横切り、湾に切れ落ちている山の斜面を見下ろすバルコニーに出た。日が沈みかけている。海を見やると、金色に燃えているように見えた。美しい景色だったが、キャリーの気持ちは沈んだままだった。

ニックとはあの朝以来会っていない。今もまだ仕事をしているようだ。彼と結婚してこの先自分の人生がどうなるのだろうかとキャリーは考えだしていた。手厚く扱われている、塔に閉じこめられたプリンセスのように感じ始めたのだ。欲しいものはすべて与えられている。けれども私には自由がない。いずれダニーには同じ年ごろの友達が必要になるだろう。私も友人や知人との時間が欲しい。ロンドンの仕事や友人が恋しくなっている。

だが何より彼女の心を傷つけていたのは、ニックに無視されていることだった。あのビーチでの散歩は彼女にとって特別なものに思えた。二人がようやく絆《きずな》を持てたように感じたのだ。だが彼にとっては仕事の合間に無理やりこしらえた時間にすぎなかったようだ。ニックとも父と同じ状況に陥っていると考えたくはなかった。

だからキャリーは決めていた。今度ニックに会ったら、そのことを問いただしてみようと。ダニーを育てるのに二人で協力できるのではないかとキャリーは希望をいだき始めている。だが彼が不在なら、結婚したことに意味があるのだろうか？

かすかな物音にキャリーは振り向いた。ニックがベビーベッドにかがみこみ、ダニーを見ていた。背中がぞくっとし、キャリーは唇を噛《か》んで彼を見つめた。なぜ彼を見てこんなにうれしくなるのかしら？　彼に無視され続けて怒っていたはずなのに。

ニックが顔を上げ、自分を見ている彼女に気づいてほほ笑んだ。思わず彼女もほほ笑み返していた。彼を恋しく思っていたことに不意に気づく。なぜ彼のほほ笑みには私の怒りを吹き飛ばす力があるのかしら？

しかし、彼が近づいてくると、将来について話すつもりだったことを思い出した。腕を組み、彼の微笑に惑わされないと決意し、なんとかいかめしい表情をつくった。

「すまない」ニックは近づきながら両手を差しだした。「長いことときみたちをほうっておいて。埋め合わせをしたいと思っている」

「謝るだけじゃ充分じゃないわ。仕事の合間を縫って数分を割いてもらうのを待っているだけの生活はいやなの。ダニーと私はまともな生活を築く必要があるわ。それには外に出ていろいろな人に会わないと。社会の一員になるのよ。たとえば個人トレーナーとしてパートタイムの仕事をするとか……」

「その話はあとでもいいだろう」ニックは一歩前に出て彼女の顔にかかった髪を後ろに払いのけた。

彼の指が肌に触れると、彼女の全身に震えが走った。不意に目の前のニック以外のあらゆるものが意識できなくなる。

「この件を先延ばしにすることはもうできないわ」キャリーはきっぱり言ったものの、声がかすれていた。「あなたは朝になればまた出かけてしまい、何日も会えなくなるんでしょう」

「大丈夫だ」ニックはかがんで彼女の首のわきに唇を押しつけた。「取り引きはまとまったから、明日は話ができる。僕はどこにも行かないつもりだ」

「でも、私はいろいろな問題を解決したいの」ニックが舌を下に向かって這《は》わせ始め、キャリーは息をのんだ。肩ひものついたサンドレスのむきだしの肩をかすめる彼の指に、背中がぞくっとする。思わずあとずさると、脚の後ろがバルコニーの椅子にぶつかった。

「明日だ。約束する。明日はきちんと話をしよう」

キャリーは話をしようとして口を開き、そのとたん、彼の唇に唇をふさがれた。開いた唇から彼の舌が侵入し、不意に彼女の思考は吹き飛んだ。

彼は優しくキスし、柔らかな口の中を探索する。前のような情熱的なキスではなかったが、ゆっくりと焼き尽くすような長いキスだった。

ペースは違っても、彼女はすぐに息を切らし、彼にしがみついていた。再び目覚めた感覚で全身が震える。やがて彼が体を放すとキャリーは声もなく彼を見上げた。沈みゆく太陽を背にして彼の顔ははっきり見えないが、それでも彼は信じられないほどすてきだった。

「今からきみを抱こう」彼の目の激しさに彼女の体の芯《しん》で興奮がわきあがる。「果たせなかった新婚初夜だと思ってくれ」

「あなたは私の脚から力を奪ってしまうわ」キャリーは気軽な口調で言ったつもりだったが、声がかすれた。欲望で彼の目がさらに暗くなる。

「だったら腰を下ろしたほうがいい」彼はそう言うと彼女を椅子に座らせた。「きみはすぐに立っていられなくなるから」

キャリーは息をあえがせた。そして抗議しようとして再び彼のキスに言葉を封じられた。

彼は椅子の横に膝をつき、片方の腕を彼女の肩にまわしてキスから逃れられないようにした。そしてもう一方の手を彼女の全身に走らせた。ようやく彼の手が止まったのは、彼女のサンドレスの裾《すそ》の下、腿の内側の途中だった。彼はキスを中断し、彼女を見た。

キャリーは少し困惑しながら彼を見返した。彼女の全身が待ち構えていた。彼に触れられたらどんなふうに感じるだろう。彼女はそれしか考えられなくなっていた。

腿で止まった手が容赦なく上に動きだした。彼を求めてすでにうずいている場所に向かって。キャリーは両脚を開き、息を止めて彼の指がその場所に触れるのを待った。

「この前きみを抱いたとき、僕は怠慢だった」ようやく腿の付け根まで指を到達させ、彼は言った。彼に触れられることを期待して身構えた最後の瞬間、彼の指はそれて彼女の左腰に上がっていった。「これは僕が脱がせた唯一の衣類だった」彼は親指をショーツのへりにかけた。「僕はもう二度とそんな性急なことはしない。今晩はたっぷり時間をかけてから脱がすと約束しよう」

キャリーはため息をもらした。彼の言葉に反応する間もなく、彼がサンドレスを押しあげ、彼女のおなかにキスの雨を降らせていた。いつの間にか体を移動させて彼女の開いた脚の間に膝をついている。彼がかがみこむと、彼女は彼の目にさらされていると感じ、圧倒的な興奮に襲われた。

再び彼が体を引き、彼女を見上げた。キャリーは今まさに起こっていることが信じられない思いで、彼を見下ろした。世界でいちばんすてきだと感じた唯一の男性が、私の脚の間にひざまずき、想像もしなかったようなすばらしいやり方で私を抱こうとしている。

「きみの肌が夕日を浴びて輝いている」彼がサンドレスの前ボタンに両手を伸ばした。「金色の日差しを浴びるきみの裸の胸が見たい」

「私の肌が輝いているのはあなたのせいよ」彼がサンドレスを脱がせ、両手を彼女の背中にまわして肩ひものないブラジャーのホックを外す間、キャリーはうっとりしていた。

「きみは金色の女神のようだ」ニックは優しく彼女の胸を両手で包み、賞賛の表情で彼女を見つめた。

「いつもは青白いのよ」キャリーは彼の大げさなお世辞に喜びながら答えた。性的な言葉遊びに慣れていない彼女は頭がくらくらするほどの興奮を感じていた。「でもあなたは日焼けしたギリシア美人のほうが好きなんじゃない？」ふと不安を感じて、彼女は尋ねた。

「いいや、僕はきみの白い肌が好きだ。この肌が月光を浴びて真珠のように輝くのを見たい」

「だったら、今は見るのをやめたら」いったん身を反らして彼に胸を見せびらかしてから、キャリーはサンドレスの前を合わせて彼をからかった。

「いや、だめだ」ニックはもう一度サンドレスの前を押し開き、彼女の胸に顔をうずめた。「僕は月が空高く上がるまで、きみをここにいさせ、きみを見て、触れるつもりだ」

「誰かが来るかもしれないわ」彼女はニックの頭越しに暗くなりつつあるバルコニーを見やり、息を弾ませた。

「誰も僕たちの邪魔はしない。約束する」そして彼女の胸の先を口に含んだ。

10

キャリーの開いた唇から喜びのため息がもれ、頭が後ろに落ちた。焦点の合わない視線の先にはバルコニーを覆うブーゲンビリアが咲き乱れていた。深紅の花が夕日を浴びてクリスマスのランタンのように輝いている。

ニックの舌が胸の頂で円を描き、全身に極上の快感が駆け巡る。彼の手がもう一方の胸を愛撫《あいぶ》し、彼女の背中にまわした腕が椅子から落ちないよう支えている。

キャリーはまぶたを閉じ、ニックの愛撫に身を任せた。彼の指が巧みに最後のボタンを外すと、生ぬるい夕方の微風が裸の肌を撫《な》でていった。撫でた跡を彼の舌がなぞり、やがて彼女が自分でも知らなかった敏感な場所を突き止めていく。

体内で快感が高まるにつれ、キャリーは体が震えるのを感じた。

「きみは寒そうだ」その言葉が彼女のぼんやりした頭に浸透するより早く、ニックは彼女を抱きあげ、彼女の寝室のドアを通っていた。

「いいえ。あなたのおかげで暖かいわ」キャリーはベッドに横たえられながら、物憂げに彼を見上げた。

「きみはとても美しい」レースの白いショーツしか身につけていない彼女を見下ろして彼がしわがれた声で言った。

「あなたは服を着すぎだわ」キャリーは服を脱ぐ彼を見ようと寝返りを打って横を向いた。

「そうだな、僕もすぐに追いつこう」ニックはすばやく服を脱いだ。その間も目はずっと彼女の裸の曲線を楽しんでいた。

興奮がキャリーの全身を貫いた。ニックは私を抱こうとしている。私がすでに経験したすばらしい感覚はこれから起こることの始まりにすぎないのだ。

「キスして」彼が近づくやいなや、キャリーは膝立ちになり、彼に抱きついた。

彼の舌が彼女の唇を割って入った瞬間、愛撫のテンポが速まった。ニックは彼女の唇にキスすると彼女を押し倒し、手をレースのショーツの下に滑らせた。それから、彼を待ち焦がれている場所を探してさらに奥へ進んだ。たちまちキャリーは震えだし、もっと、と懇願した。

彼が不意に愛撫を強める。キャリーはすすり泣きながら目を閉じた。頭を柔らかい枕《まくら》に押しつけ、体を弓なりにして彼の手が紡ぐすばらしい感覚に身を任せる。

彼の口が胸の頂を含み、舌が先端を転がし、圧倒的な快感に全身を貫かれたキャリーは、驚きの叫び声をあげた。

息遣いがあえぎ声とうめき声だけになる。キャリーはベッドの上で身をよじった。敏感な場所を愛撫している彼の指の動きは、彼女が腰を浮かせてのけぞっても容赦なく続き、彼女をさらなる高みへと連れていった。

「ああ！　ああ……私……」快感の波に幾度も襲われ、キャリーは話すことができなかった。世界が揺れている。支えを求めてニックにしがみつくと、彼は両腕を彼女の背にまわし、震える体を抱きしめた。

やがて彼の息遣いもまた自分と同じように切れ切れになっていることにキャリーは気づいた。彼がそっと彼女を下ろし、枕に戻しても、彼女の体はうずいたままだった。彼が足のほうに移動して爪先にキスをすると、再びキャリーの体が震えだした。

「そろそろこれを脱ぐ時間だ」ニックが指でショーツのレースの模様を優しくなぞった。彼女はもっと強く彼を感じたくなった。

「あなたが欲しい」キャリーは叫んだ。これ以上は待てず、自分でショーツを引き下ろして彼に抱きつく。「今すぐあなたが欲しいの！」

ニックはうめき声をあげ、急いで彼女の上になった。そして、一瞬動きを止めて、飢えた目で見下ろした。

キャリーは両手を彼の腰にまわして抱き寄せ、彼を促した。彼が腰を沈めると、満たされることを懇願していた場所に彼の高まりがすんなりおさまった。彼が動きだす。初めはゆっくりと。それでもひと突きごとにとろけるような快感が彼女の全身を駆け巡った。

キャリーはうめき声をあげ、さらに奥深く受け入れようと自ら動きつつ、彼の背中を引き寄せた。彼の息が自分の息と同じように荒くなる。やがて彼の動きが激しく、速くなった。

圧倒的な快感が彼女の全身を貫いた。体が震え、信じられないほどのすばらしい感覚に襲われる。

リズムを崩すことなくニックが少し体を引いて二人の間に手を入れ、親指で彼女の敏感な場所を軽くこすった。

とたんにキャリーは悲鳴をあげた。体が粉々になって何万もの喜びの粒となり、彼女を想像もしなかったような高みへと押しあげたのだ。息を切らし、震えながらキャリーはニックにしがみついた。

その直後、ニックも同じように叫ぶのがわかった。彼も息を切らし、身を震わせて爆発的な絶頂を迎えていた。

「きみとまともに過ごせる時間がとれるまで待ってよかった」ニックはしばらくすると彼女の鎖骨に指を這《は》わせ、喉もとのくぼみに舌を沈めながら言った。

彼女の顔を見ようと顔を上げたニックに、キャリーはほほ笑んだ。片手を上げ、彼の頬を撫でる。今やいっさいが違って見える。魔法のような経験を分かち合ったばかりの男性の顔をのぞきこみながらキャリーはそう思った。

二人の間には親密な空気が漂っている。愛を交わす行為は単なる肉体の経験以上のものであったことを証明しているかのようだ。キャリーは二人の間に強い絆《きずな》が生まれつつあるのを感じていた。今やすべてがうまくいく気がする。あらゆる人を幸せにできる道を二人で見つけられる気がする。

「この数週間は忙しかった」ニックは彼女の隣で横向きに体を起こし、彼女の腰のふくらみを優しく撫でながら言った。「だが、きみと過ごす時間をつくるために僕は猛烈に働いた。きみが言っていた問題を残らず話し合う時間はあるだろう」

「ありがとう」キャリーはほほ笑んだ。彼は本気で言ってくれていると思い、ほっとする。話したいことはいくらでもあった。けれどもそのとき彼女に考えられることはニックに触れてもらいたいということだけだった。

「きみとダニーがここを自分の居場所だと感じてくれることが僕にとっては重要だ」彼は手を上げ、彼女の胸をそっと包んだ。「ここは今やきみたちの家だ。きみたちは必要とするどんなものも手に入れなくてはならない」

彼の目の光は、彼女が今すぐ必要としているものを正確に知っていると伝えていた。たとえそのメッセージがはっきりしていなかったとしても、とにかくニックは彼女を再び抱き寄せ、唇を重ねた。

翌日、湾へ向かう小道をたどるキャリーの胸は弾んでいた。ニックが一緒だった。彼がダニーの乳母車を押し、三人でビーチへ行くところだ。

キャリーは昨日もダニーとビーチに来たばかりだ

ったが、何もかもが変わっていた。昨晩ニックに感じた親密さは今も続いていて、キャリーを温かい気分にさせている。けさはバルコニーで一緒に朝食を楽しみ、キャリーは初めて、自分たちが本当の家族になったように感じていた。

「昨晩、きみは話したいことがたくさんあると言っていた」ニックはほほ笑みながら言った。

「ええ、あったの……いいえ、あるの」彼を見返したキャリーは不意に何がそんなに差し迫っていたのか、思いだせなくなっていた。今はただニックとダニーといるこの瞬間を楽しみたかった。

「ダニーには同じ年ごろの友人が必要だと言っていたね。僕には同じ年ごろの子供を持つ親戚《しんせき》がいる」

「あら、そう」ダニーにはギリシア人の親戚がたくさんいることを知り、少しキャリーは驚いた。

「しかし、まずは僕たち三人で過ごすのがいちばんだと僕は思っていた。親戚の集まりに顔を出す前にお互いを知ったほうがいいとね。ダニーにすぐにほかの子供たちと会わせる必要はないときみが思ってくれるなら」

「そうね。何事も急がないというあなたの計画に賛成よ」

「ダニーにほかの友達が必要になることはわかっている。クリスタリス家の子供だけじゃなく。それは僕たちで捜そう」

「ありがとう」キャリーが答えたそのとき、ビーチに続く門に到着した。門がするすると開き、二人は門を通って銀色の小石の踏み段を下りていった。

地中海特有の美しい日だった。雲ひとつない空、ピーコック・ブルーの海、太陽を浴びて輝く湾を縁取るオリーブの木々。

「波打ち際まで行こう」ニックがダニーを抱きあげ、歩きだした。キャリーは後ろからついていった。

ニックは金色の砂浜まで来ると、足を止めて靴を脱ぎ捨て、振り向いてまぶしい笑顔を彼女に向けた。

キャリーはどきっとし、足を止めた。彼の笑顔の温かさが全身に広がり、幸福感に包まれる。最高に幸せだった。ここにこうして立ち、彼にほほ笑み返して青い目を見つめているのは。そんなふうに感じるのは初めてだった。誰かにほほ笑みかけるだけで幸せに感じたことなど一度もない。

この瞬間が永遠に続く気がした。けれども不意にダニーが海に向かって突進しだした。

「わお！　何をするつもりだ？」ニックは笑い、ダニーを抱きあげた。

「ダニーは海が好きなのよ」キャリーの心は乱れていた。なぜニックとほほ笑みを交わすだけでこれほど幸せな気持ちになるのかしら？

「水に入りたいわけか。靴を脱がせてはだしで楽しませよう」

「足が濡《ぬ》れるだけではすまないと思うけど、イレーヌが着替えを荷物に詰めてくれたからあまり心配しなくていいわ」

ニックは小石の上に腰を下ろし、ダニーのズボンを巻き上げ、靴とソックスを脱がせた。それをポケットに押しこむと立ちあがり、ダニーの体を上げ下げしながら波打ち際を歩きだした。ダニーの爪先が水に触れては離れる。

「まだ水温はあまり高くない」ニックは肩越しに言った。「けれど、夏のこの場所は最高だ。きみも気に入ると思う。七月と八月は風呂のように水が温かくなるが、オリーブの木陰は涼しいんだ」

キャリーは足を止め、彼を見た。振り向いて目の前に立った彼が、彼女の頬にかかる髪を耳の後ろに撫でつける。キャリーは体を震わせ、彼の手に頬を寄せながら彼の目を見返した。

「きみは疲れているようだ」ニックはかがみこんで優しく唇にキスをした。「僕がダニーと遊んでいる間、しばらく座って休むといい」

　キャリーは彼の言葉に少し驚いた。だがそのとおりだった。彼女はいつになく疲れを感じていた。

「わかったわ。ほんの少しだけそうするわ」キャリーは小石が自然に盛り上がった、座り心地がよさそうな場所に向かった。

　ニックはほほ笑むと再びダニーと遊びだした。

　そこは魅力的な湾だった。だが、美しい光景も彼女の心を引きつけることはできなかった。彼女がしたいのはニックを見て楽しむことだけだ。彼の姿を、彼の動きを残らず見ていたかった。

　彼を見ているだけで奇妙な感覚が全身に広がっていく。キャリーは彼に抱かれることを考えてはいなかった。彼のそばにいるだけで幸せを感じた。彼がダニーと遊ぶのを見ていると、希望がわいてくる。彼はダニーにとっていい父親になるだろう。そして私たちの仲がうまくいけば、いつの日か生まれる彼自身の子供にとっても。

　キャリーは息をのみ、手で口を押さえた。コルフに来て三週間がたつが、まだ生理が一度もない。ニックはここへ到着した日の翌日に私を抱いた。そして私たちは避妊しなかった。

　私は妊娠したのだ！　背筋に震えが走り、キャリーは我が身を抱きしめた。

　いいえ、妊娠の可能性があるだけだ。彼女は冷静になろうと自分に言い聞かせた。妊娠検査薬を買ってこよう。そうすれば確実なことがわかる。

　けれどもどうやって手に入れよう？　ニックは私を囚人のようにここに閉じこめてきた。彼の地所から離れることは許されていない。お店に行って検査薬を買うことさえできないのだ。

　怒りと絶望がないまぜになって渦巻き、キャリーは胸が悪くなった。ほんの少し前まではむかつきなど感じていなかったことなど無視して、これは妊娠の兆候に違いないと苦々しく思う。

彼女はずっと自分の子供が欲しいと思っていた。いつの日かダニーに妹か弟を与えられることを願っていた。けれどもこれは違う。あまりに早すぎる。

ニックがすべてを握っている。ダニーの人生も私の人生も。私が妊娠しているかどうか知る手立てさえ彼が握っている。もしも妊娠したのなら、さらに彼に人生を握られることになるだろう。

二人の仲がうまくいかなかったらどうなるのだろう？　彼がダニーをあきらめないなら、自分の実の子供も決してあきらめないだろう。ダニーを手に入れるために私を結婚させた同じ強引さで、私から子供を奪うだろう。

キャリーはみじめな思いで彼を見つめた。つい先ほどまでダニーと遊ぶ彼を見て彼女の心は幸福に満ちていた。なのに、今は不安や怒りでいっぱいだ。

とにかく妊娠したのかどうか突き止めなくては。

「私、買いたいものがあるの」キャリーはニックに呼びかけた。立ちあがろうとするが、妙に脚に力が入らず、座ったまま、こちらに歩いてくる彼を見ていた。

「昼食のあとで僕が連れていくよ」ニックはいぶかしげな表情を浮かべ、彼女の顔を慎重に見つめた。

「私ひとりで出かけたいの」キャリーは日差しに目を細め、ダニーを抱き取ろうと手を差しだした。

「僕が連れていく」ダニーを彼女の膝にのせながらニックは言った。「ダニーが眠ったら、イレーヌに任せて、二人で行こう」

「ダニーひとりを残してここを出ていくつもりはないわ」キャリーはニックの視線を避けて海を見やった。

「きみはなぜそんな態度をとる？　僕たちはうまくやれそうだと思っていた。昨晩は——」

「確かに愛し合ったわ。でもそれは体だけのことよ。

心が通ったわけじゃない」キャリーは視線を彼に戻し、彼の言葉を遮った。「私たちはまともな会話を交わしたこともない。私たちの間に意味のあることは何も起こっていないわ」

「愛し合ったことはきみにとってなんの意味もなかったというのか?」

キャリーは驚いて彼を見返した。自分たちの結婚の状況を考えたら、そんな質問ができるのが驚きだった。

「私にとって意味があるのは、もう少し敬意と自由を与えてもらうことだわ。あなたは私の意思に反して私をここへ連れてきた。しかも、私はひとりで買い物に出かけることさえ許されないのよ」

「買い物の何がそんなに大切なんだ?」ニックは声を荒らげないようにしていたが、声がこわばっていた。「きみが欲しいものは、なんでもいつでもこの別荘に運ばせることができるはずだ」

「買い物のことを言っているんじゃないの」そのことに彼の注意を引いてしまったことは間違いだったと気づき、キャリーは言った。「私は四六時中、見張られていたくないだけ」ビーチを静かに監視しているカメラを指さしながらそうつけ足した。

「きみはいったい、僕に見えない何を欲しがっているんだ?」彼女に注意をそらされることなく彼は言った。「僕たちはお互いに秘密を持たないことで同意したと思っていたが」

「いいえ。〝私たち〟ではないわ」キャリーはぴしゃりと言った。もう我慢の限界だった。目に涙がこみあげる。とっさにダニーの髪に顔を押しつけて目を閉じ、ダニーを抱いて安心しようとする。「この結婚におけるほかのすべてと同じように、あなたがそれを決めたのよ。結婚がどうあるべきかを決めたのはあなただわ」

ニックは彼女にのしかかるように立っていた。キャリーは彼の体から発散される怒りを感じた。不意に彼がかがみ、ダニーを奪った。抗議する間もなくキャリーを立ちあがらせ、しっかり腕をつかむ。

「さあ、別荘に戻る時間だ」

冷たい目に射すくめられ、思わずキャリーの体に震えが走った。「どうして？」彼の手を振りほどき、ダニーを奪い返す。「なぜなら、あなたがそう決めたから？」

「なぜならダニーが疲れたからだ。それにこの会話が行き着くところまで行ってしまったからだ」

キャリーは彼の目を見返した。不意打ちを食らわされたように感じ、ダニーを見る。ニックは正しい。ダニーは今にも眠りそうだ。

「ダニーが眠りたいかどうか、あなたにはわからないわ」キャリーは怒って言った。口論していたにもかかわらず、ニックが自分より先にダニーの疲れに気づいたことにいらだっていた。「突然ダニーの人生に踏みこんできて、ダニーが何を必要としているのか正確にわかっているような顔をしないで」

「さあ、帰るぞ」ニックは彼女の腕をつかみ、きびきびした足取りで乳母車のところへ戻った。

「帰ると決めたのならあなたは戻るのね。私はまだ帰らない」キャリーはダニーを乳母車に乗せて安全ベルトを締めると、ハンドルを握ってニックから遠ざけた。「ダニーが眠っている間、木陰にいるわ。そうすれば私はひとりの時間を静かに楽しめる」

「きみたちをここに二人きりにはさせられない。きみがそんなふうに気まぐれな行動をする間は」

「どうして？　この湾は完全に孤立しているわ。私が泳いで逃げるとは思っていないでしょう？」ふと海を見やると、小さなヨットが浮かんでいた。「もしかしたらあなたは心配しているのかしら？　私があのヨットを呼び止めると」

「ばかなことを言うな」ニックはキャリーの腕をつ

かんで引っ張っていき、門をくぐらせた。それから門のすぐ内側にあるインターホンに向かってギリシア語で何か早口に言った。そしてキャリーが息をのむより早く、乳母車を押して丘を登りだした。

ショックと怒りでキャリーの鼓動が速くなった。

そのとき、背後の門が閉まった。彼女は振り向いて門を揺らしてみてからカメラを見上げたが、何も起こらなかった。再び振り返り、ニックの後ろ姿をにらみつける。

私はとらわれた！　またもやこの地所に閉じこめられたのだ。しかも、ニックはダニーと一緒に行ってしまった！　キャリーはすぐに丘を登りだした。だが、先に登りだした彼はすでに見えなくなっていた。それでも彼女は肺が燃えだすまで走り続けた。別荘のそばの角を曲がったところでようやくダニーを抱きあげるニックが視界に入った。

「私からダニーを連れ去るようなまねはしないで！　二度とあなたにダニーを渡さないわ」

「僕はダニーが昼寝できるよう家の中に連れていこうとしているだけだ」ニックはダニーを彼女に渡したが、その目はぞっとするほど冷たかった。

「あなたは私たちを引き離そうとしているのよ」キャリーは息を切らしながらダニーをしっかり抱きしめた。「門を閉めて私をダニーから引き離そうとした……」

「ダニーと引き離したいのなら、きみを僕の地所の外に出すんじゃないのか。中ではなく」辛辣《しんらつ》に言うなり、彼はきびすを返して歩き去った。


ニックは不意に椅子を後ろへ押しやって立ちあがると、書斎の窓辺にずかずかと歩み寄った。いつもならすばらしい景色に心を癒《いや》され、アテネの自宅から離れた静かな隠れ家をありがたく思うところだ。だがその日の午後は、いつものように心が落ち着くことはなかった。

午前中のキャリーの態度についてニックは考えた。彼女は初めのうちは、リラックスして楽しそうにしていた。なのに、突然すべてが変わった。彼女はまるでわざと彼にけんかを売っているようだった。

それが気に入らなかった。ニックは相手が誰であってもそんな態度を容認するつもりはなかった。とりわけキャリーには。彼女はこの結婚に同意し、僕が出した条件を理解したはずだ。少なくとも理解した、と僕は思っている。

「私たち、話し合わないと」

ニックが振り向くと、キャリーがドアのところに立っていた。顔は青ざめているが、決然とした表情が浮かんでいる。

「ああ、そうだな」音もなく現れた彼女に少し驚かされたが、ニックはそんなそぶりを少しも見せなかった。「ダニーはどこだ？」

「イレーヌが遊んでくれているわ。話している間、邪魔されたくないから」

「結構だ。僕も邪魔されたくない」彼女は冷静さを取り戻したようだ。だが、その落ち着き払った表情の下にいつもとは違う危うさがあることに彼は気づいた。「中に入って座ってくれ」

「その必要はないわ。ここにいるつもりよ」

「僕は話し合いを立ったまますするつもりはない」ニックは彼女の腕をつかみ、部屋の中に引っ張りこんだ。「僕の妻になることに関して言ったことを、きみは何も理解していないのか？」

「乱暴しないで！」キャリーは彼の手を振りほどき、彼をにらみつけた。目が燃えあがり、落ち着いた態度が崩れ始める。

「だったら、僕にわざとけんかを売るのはやめるんだ」ニックは書斎のドアを閉め、彼女を見た。「きみは僕と結婚したとき、普通の幸せな結婚を装うことに同意したはずだ」

「あなたにけんかを売った覚えはないわ！　それに私たちの間には同意なんてないわ、何ひとつ。ほかのいっさいと同じように、私が何をするべきか、あなたが命令しているだけよ」

「いいか、今から僕が話すことをよく聞くんだ。今度人前で僕にけんかを売ったりしたら、後悔することになるぞ。ビーチで噛《か》みついてくるのだって気に入らない。だが、みんなの前で口論するなんて問題外だ！」

「言ったでしょう、けんかを売った覚えはないって。私は動揺していたの」

「何に動揺していたというんだ？」

ニックは妊娠の可能性に気づいていたはずだ。私は避妊について忘れたかもしれないが、経験豊かな彼が私と同じ過ちを犯すはずはない。

「それで？　きみは何が心配なのかを話す気はあるのか？」

「私、妊娠したかもしれない」キャリーはとっさに口にしていた。

「なんだって？」ニックはショックに打ちのめされ、彼女を見返した。体がこわばり、息が苦しくなる。

「私……けさビーチで気づいたの」キャリーは目を見開いて彼を見た。分別を失わせるようなことを言ったのは彼女自身なのに、その当人が不安にさいなまれているように見える。

「だが、きみはピルをのんでいるだろう」こめかみがずきずき痛み、ニックはまともに考えることができなかった。「のみ忘れたなら、きみには僕にそれを伝える責任があったんだ」

「忘れていないわ。そもそも、ピルなんてのんでいないもの」

「きみはふざけているのか？　だったら、なぜピルをのんでいると言った？」

「言っていないわ」たじろぎつつも、キャリーはしっかり答えた。

「僕の子を妊娠することで僕を罠《わな》にはめる計画だったんだな？」ニックは歯を食いしばり、こみあげる苦痛をのみこんだ。

「まさか！　たとえいかなる事情があろうと、そんなまねはしないわ」

「だったらなぜ、のんでいるふりをした？　メノルカで避妊していると言った？」

「言っていないわ！」キャリーははっと息をのみ、口に手を当てた。不意にホテルの部屋での会話を思い出したのだ。

「きみは避妊について心配する必要はないと言ったはずだ」ニックは彼女を見つめた。彼女は青ざめてはかなげに見える。とはいえ、そのとき彼が感じていたのは怒りだけだった。

「そんなことは問題にならないと言ったのよ。だってあなたとベッドをともにするつもりはなかったから。あなたが誤解したなら謝るわ」

「今となっては遅すぎる。あとの祭りだ。きみは妊娠しているのか、いないのか？」

「どうして私にわかるの？　何もかも私が悪いわけじゃない！　あなたがあれほど情け容赦ない行動を取らなければ、こんなことにはならなかったのよ。私の生理は遅れている。だけど、買い物に行って妊娠検査薬を買ってこなければ、確かなことはわからないわ」

「これから医者のところへ行くんだ。できるだけ早く」

ニックはポケットに手を入れ、携帯電話を取りだそうとした。一刻も早く、本当のところを知りたかった。

「いや」キャリーはきっぱりと言った。腰に手をあてがい、断固たる態度を示す。「お医者様のところには行かないわ。今はまだ。私は自分でそれを確かめる自由とプライバシーを望んでいるの」

ニックは携帯電話をポケットに戻し、険しい目で彼女を見すえた。

「私が欲しいのは妊娠検査薬よ」キャリーは語気を強めて言った。

11

試験紙に青い線が浮かぶのを見て、キャリーは全身がしびれたような感覚に襲われた。しかし、これは心の中ですでに知っていたことを確認したにすぎない。私は妊娠した。キャリーはぎこちないしぐさで立ちあがった。結果をニックに知らせるのを遅らせる理由はない。

ニックは書斎にいた。大きな窓のそばに立っている。キャリーが近づくのにも気づかず、景色に見入っていたが、全身に緊張がみなぎっていた。

鼓動が速くなり、キャリーは逃げ帰りたい衝動に駆られた。だが、そのときニックが振り向いて彼女を見た。

「結果が出たのか？」彼の声はかすれていた。

「ええ」彼女は書斎に入り、ドアを閉めた。ほどなく家の者たちに知られてしまうだろう。だが、今はプライバシーを守りたい。

「座ってくれ」彼は窓のそばの革製の二脚の肘掛け椅子を指し示した。

キャリーは部屋を横切り、椅子のひとつに腰を下ろした。ニックは向かいに座った。彼の手が椅子の肘をしっかり握りしめている。

息を吸いこみ、キャリーは彼を見つめたまま口を開いた。「陽性だったわ」はっきり告げたものの、声は少し震えている。「妊娠しているの」

彼女は答えを待ってニックを見つめた。だが、彼は何も言わず、即座に立ちあがって部屋を出ていった。キャリーはショックを受け、なすすべもなく彼を見送った。

きっと彼は怒るだろう、とキャリーは思っていた。

すでに怒っていたのだから。けれども恐怖の色を浮かべるとは思っていなかった。心底仰天しているようだ。

キャリーは奇妙にもこの状況を他人事《ひとごと》のように感じながら戸口を見つめた。私は妊娠した。私の人生はこれから永遠に変わる。そしてその人生を分かち合うはずの男性は何も言わず、出ていった。

キャリーはとりわけ大きなオリーブの木陰に置かれた丸太に腰を下ろした。枝から落ちた星形の小さな白い花が地面に重なり合っている。ダニーはそれを拾っては彼女が差しだす手に渡している。

ここは子供にとって夢のように楽しい場所だ。けれどもキャリーはダニーほど楽しめなかった。

疲れていたし、気分も悪かった。ダニーの新しい子守に行き先を告げずに出てきたことが少し後ろめたかった。そして今、別荘へ戻るための意志をかき集めることができずにいた。

坂を登る力が出ないわけではない。疲れてはいるが、体は元気だ。別荘にいると閉所恐怖症のような感覚に襲われるのだ。私には自由がない。それにいつも監視されている気がする。

子守はキャリーが望んだのではなく、ニックがどうしてもと言い張ってつけることになったのだ。

妊娠を確かめてから一週間ほどたったある日の午後、ニックが言った。

「ダニーの世話を助ける女性を雇った。きみはもっと自分を大事にする必要がある」

「私は大丈夫よ」久しぶりに顔を出したニックに腹を立てながらキャリーは答えた。体の調子はどうかとか、妊娠に関することを彼はいっさいきかなかった。「助けなど必要ないわ」

「子守がいれば、体を休められる」

「私はダニーの世話を誰かに任せるつもりはないわ」おなかの子供を彼に認めさせたいとキャリーは不意に決意した。「それにこの子が生まれたら、自分で面倒を見るつもりよ」

「きみは責任ある行動をする必要がある。つまり誰かの手助けを受け入れるべきだ」

「助けなんて必要ないわ」キャリーは繰り返した。ニックはまだおなかの赤ん坊を受け入れると言っていない。「ほかの親たちは自分たちでなんとかやっているもの」

「だが、きみにその必要はない。きみは今、休むべきだ。疲れているように見えるぞ」

「偉そうにものを言うのはやめて！　私は妊娠したの。病気になったわけじゃないわ」

「それでもきみには休息が必要だ」ニックはきびすを返し、歩き去った。

あれはニックにとって妊娠を認める精いっぱいの行動だったのだろう、とキャリーは思い返した。

まだ平らなおなかに手を当て、青い海を見やる。彼女はこの浜辺に隣接したオリーブの木陰が好きだった。くつろげるただひとつの場所だ。

この一カ月、ここで過ごす時間がしだいに増えている。ダニーもこの場所が好きで、石を探したり、波打ち際で遊んだりと、ほうっておけば何時間でも喜んで遊びそうだ。

ちらりと動くものが目に入った。子守のヘレンがビーチを、キャリーたちがいる場所とは反対側に向かって歩いていた。

「私はこっちよ、ヘレン！」キャリーは叫んで手を振った。彼女は完璧《かんぺき》な英語を話せる感じのよいギリシア人の娘だ。子守はいらないと言い張ったものの、彼女のことは好きになった。湾の反対端まで歩いてまた戻ってくるようなことはさせたくない。

「あら、ここにいたんですね」ヘレンは低いオリーブの枝の下からひょいと顔をのぞかせ、ダニーに笑いかけた。「ここで何をしていたの？」

ダニーはうれしそうに声をあげ、小さな手のひらいっぱいにつかんだオリーブの花をヘレンの手に落とした。

「捜させてごめんなさい」キャリーは言った。「丘を登る元気がなくなっちゃったみたいなの」

「いいんですよ」ヘレンは明るくほほ笑んだ。

不意にキャリーは妙な感覚にとらわれた。もしかしたらヘレンもたまにはこうして別荘を逃げだしたいのかもしれない。ニックがそばにいるとくつろげないのだ。彼はキャリーの午後のお茶の間、ダニーと遊びにやってくるのを日課にしている。

そんなことは以前には考えもしなかった。だがニックの存在は若い娘にとっては息苦しいものに違いない。とりわけキャリーの妊娠を知って以来ずっと彼が不機嫌なことを考えれば。

「ダニーを波打ち際に連れていって遊ばせてもいいですか?」ヘレンが尋ねた。

「もちろんよ」キャリーは帽子をダニーの頭に深々とかぶせた。「ダニーは水遊びが大好きなの。それにもう日焼け止めクリームも塗ってあるわ」

キャリーはダニーを波打ち際に連れていくヘレンを見ながらため息をついた。ときどきロンドン時代とすっかり変わってしまった自分の生活が信じられなくなる。あのころは生活のために母親役と仕事をこなしていた。仕事はきつかったが幸せだった。だが今は幸せかどうか確信が持てない。

心の中では、ダニーがここでの生活を楽しんでいることを確信している。けれども自分やおなかの子供にとってはどうなのだろうと、考えずにはいられない。ここは私たちの居場所なのだろうか?

ニックは私を避けているようだ。昼間は決して私との時間を持とうとしないし、夜は一度もやってこない。私の人生はこれからもずっとこうなのかしら? 完全に隔離され、私や私の子供の様子を知ろうともしない夫と過ごすの?

ふと目を上げると、ニックの姿が見えた。彼はビーチの端に立ち、日差しを浴びて立っていた。木の下にいる彼女には気づかず、ダニーを見ていた。その信じられないほどすてきな笑顔に、胸がときめくのを抑えられない。

私にも、あんな笑みを向けてくれたら……。

キャリーははっと息をのみ、顔をしかめた。なぜ私はそんなことを望んでいるのだろう?

なぜなら彼に無視されると傷つくからだ。いいえ、それより悪い。キャリーは妊娠を告げたときの彼のおびえたような表情をずっと忘れずにいた。

彼は今、ダニーと遊びだした。ヘレンはぎこちなくそばに立っている。やがて波打ち際に沿って歩きだした三人を見ながら、キャリーはみじめな気分に陥っていくのを感じた。

今ニックがビーチにいると、ほかの何も目に入らない。彼がそばにいると、蜜壺《みつつぼ》に向かう蜂《はち》のように視線が釘《くぎ》づけになるのだ。キャリーは彼が髪を切ったことに気づいた。

誰に切ってもらったのだろう。私は家を出てからかなりたち、前髪がうっとうしいほど伸びてしまった。キャリーは唇を噛《か》み、眉を寄せた。今やここが私の家なのだ。これからはそう考えなくてはならない。

膝を胸に引き寄せ、なぜこんなにも不幸せに感じるのだろうかと考えた。ニックはダニーに会いにビーチまで下りてきてくれた。それはうれしいことだ。でもそれだけのことだ。彼は私に会うのはいやそうだ。ダニーに会いに来るときはつねにヘレンが一緒のときだ。つまり彼は私と一緒に時間を過ごすのが耐えられないのだ。

不意に視界が涙で曇った。寂しさに打ちのめされ、膝を抱える。なぜ私はニックにこの木の下に来て、話しかけてほしいと思っているのだろう?

ニックが出張から帰った晩に自分がいかに幸せだったかを思い出す。彼に抱かれるのは本当にすばらしかった。明くる朝、私は幸福に包まれ、何もかもが完璧に感じられた。だが、それはすぐに壊れるはかない幻想だったのだ。

キャリーは涙で曇る目でニックを見ながら、もう一度あの感覚を取り戻したいと願った。幸福と愛で満たされていた時間はあまりに短すぎる。

キャリーははっと息をのみ、見開いた目でニックを見つめた。

私は彼を愛している。

なぜかニックを愛してしまったのだ。

キャリーの鼓動が速くなり、唇がからからに乾いた。そんなはずはない。気づかないうちに彼を愛するはずはない。

唇を噛んで、顎の震えを止める。そんなことがありうるの？　私は本当に彼を愛してしまったの？　それともそう思いこんでいるだけ？　震える指で伸びた前髪を払ってニックを見る。

間違いない。私は彼を愛している。

キャリーは、彼への愛がこみあげて胸が痛むのを感じた。頭の先から爪先まで震えが走る。

でも、人を愛することは幸せなことでしょう？　私がニックを愛しているのなら、どうして彼を見ていて不幸に思うの？

キャリーは答えを知っていた。

それは、ニックが私を愛していないから。

12

その晩、ダニーがお風呂に入り、寝る準備が整うころには、キャリーは疲れきっていた。大変な一日だった。ニックを愛していると悟ったことで、すべてがいっそう困難になった気がする。

ダニーを寝かしつける前に絨毯《じゅうたん》の上に二人で座ると、キャリーの胸に深い孤独感がこみあげてきた。ダニーと二人で過ごす時間はいつも貴重なものだった。なのに今は、それしか自分にはないのだと思う。

自分が裏切り者に感じた。自分に対しても、ダニーに対しても、そしてこれから生まれてくる赤ん坊に対しても。自分を決して愛することのない男性との結婚に私は飛びこんだ。でも子供たちは、私がそんな犠牲を払うだけの価値があるはずだ。

私が彼の申し出に従わなかったら、こんなことにはならなかっただろう。けれど、ほかに選択の余地があっただろうか？　私が結婚しなかったら、ニックは言葉どおりダニーを奪ったに違いない。それにしても今や私のなんの罪もない赤ん坊までこの驚くべき茶番劇の一部になろうとしている。

不意にあがったもどかしげな叫び声に彼女の物思いが中断された。ダニーの声だった。

キャリーが顔を上げて部屋の反対側を見やると、ダニーが彼女に向かっておもちゃを振っていた。

「ごめんね、ダニー。私、あなたを無視していた？」

キャリーが意識を集中させると、ダニーはうれしそうに声をあげ、おもちゃを投げつけた。そしてかわいい顔にいたずらっぽい表情を浮かべて、一歩、前に歩いた。そしてもう一歩。さらにもう一歩。

「歩いているの！」一瞬にして悩みは吹き飛んだ。顔に驚きの笑みを浮かべ、キャリーはダニーに両手を伸ばした。「さあ、いらっしゃい。頑張って！」

ダニーはもう一度声をあげ、それから三歩彼女に向かって歩いてからバランスを崩してよろめいた。

「歩けたのね！」キャリーはダニーを抱きあげ、抱きしめた。「いい子ね、とても上手だったわ！」

キャリーはにっこり笑い、ダニーの髪をくしゃくしゃにした。つぶらな目を輝かせたダニーも、彼女と同じように誇らしく思っているようだ。

ソファに腰を下ろし、キャリーはダニーにほほ笑みかけた。信じられなかった。ダニーが歩いた。これはダニーの人生においてとても重要な場面のはずだ。ニックに知らせないと。彼も誇らしく思ってくれるだろう。

キャリーははっとして唇を噛《か》んだ。

私はニックのところへは行けない。彼は私と会いたくないとはっきり態度に出している。ダニーが歩いたことには興味を持つかもしれない。でもそれを伝えるのは私ではない。今や彼はヘレンにダニーの様子をきいている。明日ヘレンに伝えてくれるよう頼むことにしよう。

不意にキャリーの目に涙がこみあげた。ダニーの記念すべき出来事を一緒に喜ぶ相手が欲しかった。それに、これから生まれる赤ん坊の記念日も。

明日、キャリーは病院で一回目の超音波検査を受けることになっている。ニックもそのことは知っている。予約の手紙を見たからだ。けれども彼がそれを話題にすることはなかった。彼にとってはどうでもいいのだ。

キャリーは心が冷えるのを感じた。心が冷えて麻《ま》痺《ひ》している。眠ればみじめさを忘れられるだろうと願い、ソファに横になる。だが眠りは訪れなかった。頬に当たる革は硬くひんやりしていて、薄い綿のワンピース越しに体温を奪っていきそうだ。キャリーはクッションを抱いた。それでも温かさも慰めも与えてはもらえなかった。

こんなことになったのが信じられなかった。私はダニーにとって最善のことをしたかっただけだ。ダニーの将来を確かなものにしたかった。だが自分の将来をのぞいてみれば、見えるのは闇《やみ》だけだ。キャリーは自分がブラックホールに吸いこまれていくように感じた。

ニックはバルコニーに立ち、海を見やった。視界に人影はない。休憩時間にそのような光景を見るといつも癒《いや》されてきた。だが今日は妙に物足りなく感じる。

僕は別荘にキャリーやダニーがいることに慣れてしまった。たとえ二人と距離をおいていても、彼らがどこにいるのかを考えるのが楽しいのだ。

書斎に戻りかけたとき、ダニーの声が別荘の正面の庭から聞こえてきた。窓の外を見ると、子守の女性と遊んでいるのが見えた。ニックは顔をしかめ、庭へ向かった。

「こんな時間になぜダニーといる?」ニックは二人に向かって早足で歩きながら呼びかけた。「普段はきみと遊ぶ時間ではないはずだ」

「ミセス・クリスタリスは病院に行かれました」ヘレンは答えた。「予約のお手紙に、超音波検査を受ける際は子供を連れてこないでほしいとあったので」

ニックは足を止め、ヘレンを見つめた。

「超音波検査は今日なのか?」

「はい。ご存じと思っていました」

ニックはその言葉には答えず、きびすを返し、芝生を大股で横切っていった。

技師がジェルを塗ったキャリーのおなかでセンサーを滑らせると、妙な反響音が超音波の機械から聞こえてきた。キャリーは自分の赤ん坊を見ようとモニターを見つめた。だが目の前で刻々と変化する黒と白の画像を理解することはできなかった。

私の赤ん坊はどこにいるのだろう? モニターに映しだすのにこんなに時間がかかるものなのだろうか?

「どこにも問題はないですよね?」キャリーは尋ねた。

女性のエックス線技師は答えず、彼女が英語を話せないことに先ほど気づいたのをキャリーは思い出した。技師は一心にモニターを見つめながら顔をしかめ、おなかに当てたセンサーを動かしている。

キャリーは冷静になろうと努力しながら石のようにじっと横たわっていた。けれども不安がわいてくる。何も考えずにリラックスしようと努めても、どうしてもできない。赤ん坊をモニターに映しだすのにどれくらいかかるものなのだろう？　まだそれほど時間がたったわけではないとわかっているのだが、気が遠くなるほど長く感じられる。

できることなら、ひとりで超音波を受けたくはなかった。エックス線技師には英語を話してもらいたかった。赤ん坊に問題がないと知りたかった。

いきなりドアが開き、ニックが入ってきた。彼はキャリーの驚いた顔をちらりと見ると、彼女が寝ているベッドへとやってきた。

「何か問題があったのか？」ニックはキャリーの震える手を握り、尋ねた。

「わからないの。たぶん何もないと思うけれど」キャリーは目に涙がこみあげるのを感じた。「彼女、英語が話せないの。それに私はまだモニターに映る赤ん坊を確認できなくて」

ニックはギリシア語で何か悪態をつくと、早口で技師に話しかけた。

「センサーを正しい位置におくのに時間がかかることがあるそうだ」ニックは技師の言葉を通訳し、安心させるように彼女の手を握りしめた。だが、こわばった体を見て、彼も緊張しているのだとキャリーは悟った。

そのとき、とくとくとく、という鼓動が部屋に鳴り響いた。

「見ろ、あそこに赤ん坊がいる。心臓が打っているぞ」

ニックのほっとした口調にキャリーの緊張も緩んだが、とにかく自分の目でも確かめたかった。彼女は目を見開いてモニターを見つめた。赤ん坊の形をなんとか判読しようとする。そのとき不意に小さく脈打つ心臓がわかった。それは白黒のぼやけたモニターの上で小さな灯台のように脈動していた。

彼女の唇が震えた。安堵《あんど》の涙をこらえようと目をぎゅっと閉じる。一瞬、何か問題があるのかもしれないと考えて心底怖かったのだ。

「大きさを測らなくてはならないと技師が言っている」ニックは両手で彼女の手を握り、モニターを見ながら言った。

なんの前触れもなくニックは思った。僕は今自分の赤ん坊を見ている！

小さな心臓が力強く打っている。

僕は父親になる。その事実が今初めてニックの胸にすとんと落ちた。妊娠したとキャリーに言われたとき、あまりにショックで何をしたらいいのかわからなかった。そのことは考えないようにしてきたが、頭では理解したつもりでいた。だが今、彼は心でそれを感じていた。モニターに映る小さな影は僕の赤ん坊。そして僕はすでにこの子を愛している。

「見て、頭が見えるわ」キャリーは息を弾ませた。

「それに小さな腕や脚も」

「ああ、すごいな。ほら、動いている。足を蹴《け》っているぞ。きみは感じているのか？」

「いいえ」キャリーはまだ平らなおなかを見ながら答えた。「感じるのはもっとあとになってからよ。それにまだ男の子かどうかわからないの」

モニターに注意を戻すキャリーをニックは見つめた。部屋に入ってきたとき、青ざめておびえている彼女を見て、彼は罪の意識を感じた。彼女をひとりで来させるべきではなかった。自分が付き添うべきだった。それが僕の義務だ。

だが今、ニックの感情は罪の意識や義務よりはるかに深いものになっていた。不意に彼女を守りたいというかつてないほど激しい感情にのみこまれていた。ほほ笑んではいるがはかなげに見える彼女の表情に胸が痛む。先ほどよりさらに顔が青ざめているし、目の下には隈《くま》ができている。

「すまない。最初からきみに付き添うべきだった」

「あなたは来る気がないと思っていたの」

顔を彼に向けたときの心細そうなキャリーの目に、ニックの全身が震えた。

「超音波検査のことは一度も口にしなかったでしょう。予約のことは知っているとわかっていたし」

「きみをひとりで来させるつもりはなかった」ニックは彼女からモニターへ視線を戻した。「こんなに早いと思っていなかっただけだ」

キャリーはニックを見た。彼はモニターに映る赤ん坊を畏怖《いふ》の表情で見つめている。彼の激しい表情を見るのには慣れている。彼は感情が高ぶりやすい男性で、それを彼女に知られてもかまわないと思っている。けれど、率直に驚きに打たれている彼を見ると、なぜかキャリーは感動した。

さまざまな感情が彼女の中で渦巻いた。彼は赤ん坊のことを気にしている。そして私のことは、超音波の予約を覚えていられない程度にしか気にしていないのだろう。だが彼は間違いなく赤ん坊を気にしている。

ニックは彼女の手を握ったままだ。そして一瞬その手が力強く、温かいものに思えた。彼が赤ん坊に関心を持っているのなら、それにすがってみよう。そのことが私に力を与えてくれるかもしれない。

キャリーはモニターを見たが、映像は消えていた。不意に技師がセンサーを置いたことに気づいた。技師はプリントされた小さな写真を差しだしながらニックに話しかけていた。

「万事、順調だ」ニックは彼女に赤ん坊の写真を手渡した。「これからも超音波検査は必要だそうだ。しかし、今はなんの問題もないらしい」

キャリーは小さなモノクロの写真を見つめた。これは私の赤ん坊。夢じゃない。

「準備ができたら、もう帰っていいそうだ」ニックは技師が渡してくれた大量のティッシュペーパーで優しくキャリーのおなかについたジェルをぬぐった。

彼の優しさに驚かされ、キャリーはじっと横たわっていた。彼には前にも触れられたことがあるが、つねに性的な意味を持っていた。ところが今、彼はいたわるような優しさで触れている。

不意にキャリーは失望に襲われた。それは今や私が子供の母親となり、もはや性的関心の対象ではなくなったということなの？　私自身は今のところ性的な興奮を覚えることはない。疲れているし、吐き気を感じているときが多いからだ。けれどもニックもすでにそのように感じているのかと考え、キャリーは動揺した。

「僕が家まで車で送るよ」ニックは彼女のブラウスを元に戻し、背中に腕をまわして、彼女の上半身を起こすのを手伝った。「ほかにどこか寄りたいところがなければ」

「家に戻りたいわ」

キャリーは彼の胸にもたれかかり、彼のぬくもりで自分を温めた。

彼女が手に持った超音波の写真を見ていると、肩を抱いた彼の腕に守るように力がこもるのがわかった。一瞬、キャリーは自分たちが愛し合っている普通のカップルに思えた。初めて自分たちの赤ん坊を見るという経験を分かち合う普通のカップルに。

赤ん坊を見て私は畏敬の念を感じ、ニックも感動している。私のおなかの中で赤ん坊が育っているというのはすごいことだ。

とはいえ、キャリーにとって、その喜びにはストレスと寂しさがつきまとっていた。

彼女は心からニックを愛していた。だから愛されないことを知りながら彼のそばにいると、苦しみが肉体の痛みとして感じられた。

「準備ができたなら車に行こうか？」

「ええ」キャリーは立ちあがった。そして二人は一緒に駐車場に向かった。

「きみは座ってちょっと休んでいてくれ」キャリーが初めて目にする黒のオープンカーのドアを開きながらニックは言った。「僕はスピロにひとりで帰るように言ってくる」

キャリーは以前よりさらに孤独を感じつつ助手席に滑りこんだ。彼の腕が恋しかった。それに、彼の車を見たことがなかったという事実に不意に気づき、傷ついてもいた。彼が自分で運転する車を持っていることさえ知らなかったのだ。

妊娠を告げてから彼が数分以上自分と過ごすのはけさが初めてだった。そして彼女は二つのことに気づいた。

私はニックを愛している。そして自分が考えていた以上に彼にそばにいてほしい。

それでも彼と一緒にいることは、とりわけ彼女とおなかの中の子供を心配するように行動する彼といることは一種の拷問だ。さまざまな感情が次々にわきあがり、息ができなくなるほど胸が締めつけられた。キャリーはこみあげる涙がこぼれるのを止められなかった。

ニックは超音波検査を一緒に見るチャンスを逃さなくてよかったと考えながら車に戻っていった。モニターに映る自分の赤ん坊を見ることはとにかく感動的だった。だが、自分の人生がどんどん変わっていく事実を受け止めるのを恐れて、危うく間に合わなくなるところだった。もう二度とこんなことが起こらないようにしなくては。

不意にバックミラーに映るキャリーの顔が見え、とたんに足が止まった。

彼女は涙を流しながら超音波の写真を見つめている。泣きながらかすかに震えている。だが彼の胸を締めつけたのは涙ではなく、彼女の顔に浮かんだ悲しみの表情だった。

自分でも気づかないうちに彼はキャリーに向かって歩いていた。近づくと彼女がわずかに顔を横に向け、涙に濡《ぬ》れた頬が見えた。しかし、そのとき彼女は急いで涙をぬぐい、頭にのせていたサングラスを下ろして赤くなった目を隠した。彼女の手は震えていて、そのはかなげな姿が彼の胸を引き裂いた。

彼女は僕に感情を隠そうとした。ニックはそのことに傷ついた。だが、それは自分のせいでもあるとわかっていた。二人の間にくさびを打ちこんだのは僕だ。そして今、二人の気持ちは遠く離れてしまい、彼女は自分の動揺を見せまいとしたのだ。

それでも、ニックは何が問題なのか突き止めないわけにはいかなかった。彼女は超音波写真を握りしめていた。妊娠したことを彼女が喜んでいるのかどうか、僕は考えることさえ思いつかなかった。

ニックは助手席のドアを開け、ひざまずいて彼女の手を握った。

「ごめんよ」彼は謝った。「最初からきみに付き添えなくてすまなかった」

「いいのよ」キャリーは静かな、だがきっぱりした口調で言った。涙を見ていなかったら、彼女が泣いていたことに気づかなかっただろう。「遅れてでも来てくれてうれしかったわ」

「きみに妊娠を告げられたとき、僕はショックを受けた。あんな態度をとってすまなかったと思う。けれど、今日僕は気づいたんだ。子供が生まれることをどれほど自分が心待ちにしているかを」

キャリーは答えなかった。彼女が小さく哀れに見える。初めて会ったときの火のように激しい女性とは別人のようだ。そしてそれは僕のせいなのだ。

ニックは胸を締めつけられた。キャリーにこんなみじめな思いをさせる権利は僕にはない。だが、僕が彼女と結婚したのは、よかれと思うことをするためだ。これは何もかも兄の息子のためになると思ってしたことだ。そして、今や僕の息子にとっても。

だが、本当にそうだろうか？

ニックは頭を殴られたように感じながら悟った。これはすべてキャリーのため、初めて会ったときからつねにキャリーのためだった。

もちろん、僕は彼女が欲しかった。赤いドレスを着た彼女を見た瞬間から。彼女はどんな男性の欲望も刺激せずにはおかないほどセクシーだった。その後も会うたびに彼女を自分のものにしたいという思いは強くなっていった。そして今、それが性的なものだけではないことを知ったのだ。

キャリーはすばらしい女性だ。何事も情熱を持って取り組んでいる。持ち前のバイタリティには最初から引きつけられた。そして彼女の輝くような個性の下の、ダニーへの深い愛と献身にも。彼女はダニーの面倒を見るために多くをあきらめた。経済的にも現実的にも挑戦だったとしても、彼女は彼女らしく情熱を持ってそれに身を投じた。

そのことを考えれば考えるほど、彼は自分が下してきた結論全部が、キャリーを自分の人生の一部にするためにしてきたことだと気づいた。

今、僕はキャリーを手に入れた。彼女は僕の妻だ。そして僕の子供を身ごもっている。

なぜ彼女の不幸が僕をこれほど傷つけるのか？

なぜなら、僕が彼女を愛しているからだ！

心臓が早鐘を打ち、額に汗が噴きだすのを感じる。僕はキャリーを愛してしまったのだ。

彼は呆然《ぼうぜん》と彼女の美しい顔を見つめた。たった今気づいたことを理解するのは難しかった。そのとき不意にサングラスの下からひと粒涙がこぼれ落ちた。

「ああ、いとしい人」ニックは優しくサングラスを外し、彼女の顔を両手で包んで、彼女の目を見つめた。「頼むから泣かないでくれ」

キャリーは戸惑ったように彼を見つめ返した。涙で視界が曇る。けれどもニックの表情は彼女が感じている苦悩を反映しているようだった。

「ごめんなさい。私、泣くつもりじゃ……でも、止められなくて……」

「謝るのは僕のほうだ。僕がきみを泣かせたんだ。僕がきみにつらい思いをさせた」

突然彼は体を乗りだし、彼女の顔に優しいキスの雨を降らせた。肩に置いていた両手を下ろして彼女を抱きしめる。

キャリーは目を閉じ、彼のキスが呼び覚ます感覚に身をゆだねた。もう一度だけ彼を信じてみよう。彼にとってこのキスは何かしら意味のあるものなのだと。世界を消し去り、ニックと二人だけになろう。

「きみをこんなにもつらい目に遭わせた自分を、僕は許せない。きみを愛している！」

「えっ？」キャリーは息をのんだ。きっと聞き間違いだ。

「きみをこんな目に遭わせたことを許してくれないか」ニックは彼女を放し、視線を合わせた。

「なんて言ったの？」キャリーはささやくような声で尋ねた。

「きみを傷つけてすまなかった。それに心の準備ができないうちにきみを妊娠させたこともすまなかったと思っている」

「その前に言ったことよ」

「きみを愛している」

キャリーは戸惑いながら彼を見つめた。心の中で希望がふくらんでいく。でも、勝手にふくらませるわけにはいかない。今はまだ。ニックは私を愛していると言った。とてつもなくうれしいけれど、なぜか彼はそのことで動揺しているように見える。

「僕はいつの間にかきみを愛していた。だからきみにみじめな思いをさせた自分が許せないんだ」

キャリーはようやく心の中の幸せがふくらむのを許した。やっと物事が落ち着くところに落ち着いたことに胸を打たれながらほほ笑み、それから両手を上げて彼の顔を優しく包む。

「きみはとても悲しい顔をしていた」ニックはまだ心配そうな顔をしていた。「僕と結婚して妊娠したことできみはみじめになったんだ」

「私が悲しかったのは、あなたをとても愛しているのに、あなたが私を愛してくれないと思っていたからよ」キャリーはおずおずと答えた。「あなたの子供を身ごもったことはずっとうれしく思っていたわ。私はこの結婚が本当ならいいのにと願っていただけ」

「僕を愛しているかい？」ニックは顔を輝かせて尋ねた。

キャリーはうなずき、彼にほほ笑みかけた。ようやく理解し合え、幸せがあふれだす。

ニックは心から歓喜の叫び声をあげ、彼女を乱暴に抱きしめた。そのまま立ちあがったので、キャリーも車から出てしまう。もう一度彼女の目が涙でかすんだ。だが、今度はうれし涙だった。その涙をキャリーは隠そうとはしなかった。ニックが激しくキスをし、それから彼女を抱きあげてぐるぐるまわった。ようやく下ろしてもらったときも、夫はまだ妻を抱きしめていた。

これほどハンサムな彼の顔を見たことがないと思いながら、キャリーは声をあげて笑った。彼は信じられないほどすてきだ。彼が感じている愛が顔いっぱいに表れている。その愛が彼の顔を生き生きとさせ、内面から彼を輝かせている。そのとき彼女はその愛が本物だと悟った。私が彼を愛しているように彼も私を愛している。

キャリーはニックの愛に浸りながら彼を見つめた。決して私を放さないで。

「きみはすばらしいよ！」ニックは妻を抱きしめた。彼女がつぶれそうなほど強く。

「あなたもよ」キャリーは心から言った。

「きみは僕に人生を与えてくれた。きみと会う前は、僕の人生はむなしかった。僕は空っぽだった」

「昨日の晩、私もそう感じていたわ」キャリーは静かに認めた。「超音波検査の間も。私はあなたを愛しすぎて、あなたといることが耐えられなくなったの。あなたを愛しているけれど、あなたは私を愛してくれないとわかっていたから。でも、あなたのいない人生なんてもっと耐えられない」

「僕たちはこれからずっと一緒だ」ニックは突然しわがれた声を出しながら彼女を車の中に引っ張りこんだ。「きみとダニーは僕のすべてだ。僕たちは永遠に一緒だ」

　キャリーは夫の鼓動を聞きながら、彼の力強い腕の中にいることを楽しんだ。人生で初めて、自分の家にたどり着いた気がした。

「私たち三人はこれからずっと一緒ね」彼女は愛する男性にほほ笑みかけながら繰り返した。「いいえ、私たち四人ね」彼女はおなかにそっと手を添えて訂正した。

　ニックは彼女を見つめた。愛と誇りが全身に広がっていく。

「だが、このあとの数時間は、僕たちだけで過ごすことになるんじゃないかな」ニックは茶目っ気たっぷりに目を輝かせた。「僕ときみの二人きりで」

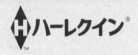

ハーレクイン・ロマンス　2010年9月刊（R-2538）

ギリシアに囚われた花嫁
2024年5月5日発行

著　　者	ナタリー・リバース
訳　　者	加藤由紀（かとう　ゆうき）
発 行 人	鈴木幸辰
発 行 所	株式会社ハーパーコリンズ・ジャパン 東京都千代田区大手町 1-5-1 電話 04-2951-2000（注文） 0570-008091（読者サービス係）
印刷・製本	大日本印刷株式会社 東京都新宿区市谷加賀町 1-1-1

造本には十分注意しておりますが、乱丁（ページ順序の間違い）・落丁（本文の一部抜け落ち）がありました場合は、お取り替えいたします。ご面倒ですが、購入された書店名を明記の上、小社読者サービス係宛ご送付ください。送料小社負担にてお取り替えいたします。ただし、古書店で購入されたものについてはお取り替えできません。®とTMがついているものはHarlequin Enterprises ULCの登録商標です。

この書籍の本文は環境対応型の植物油インクを使用して印刷しています。

Printed in Japan © K.K. HarperCollins Japan 2024

ISBN978-4-596-53999-1 C0297

ハーレクイン・シリーズ 5月5日刊 発売中

ハーレクイン・ロマンス
愛の激しさを知る

独りぼっちで授かった奇跡	ダニー・コリンズ／久保奈緒実 訳	R-3869
億万長者は天使にひれ伏す 《純潔のシンデレラ》	リン・グレアム／八坂よしみ 訳	R-3870
霧氷 《伝説の名作選》	ベティ・ニールズ／大沢　晶 訳	R-3871
ギリシアに囚われた花嫁 《伝説の名作選》	ナタリー・リバース／加藤由紀 訳	R-3872

ハーレクイン・イマージュ
ピュアな思いに満たされる

生まれくる天使のために	タラ・T・クイン／小長光弘美 訳	I-2801
けなげな恋心 《至福の名作選》	サラ・モーガン／森　香夏子 訳	I-2802

ハーレクイン・マスターピース
世界に愛された作家たち
～永久不滅の銘作コレクション～

情熱は罪 《特選ペニー・ジョーダン》	ペニー・ジョーダン／霜月　桂 訳	MP-93

ハーレクイン・ヒストリカル・スペシャル
華やかなりし時代へ誘う

路地裏をさまよった伯爵夫人	アニー・バロウズ／琴葉かいら 訳	PHS-326
ふたりのアンと秘密の恋	シルヴィア・アンドルー／深山ちひろ 訳	PHS-327

ハーレクイン・プレゼンツ作家シリーズ別冊
魅惑のテーマが光る
極上セレクション

秘密の妻	リン・グレアム／有光美穂子 訳	PB-384

※予告なく発売日・刊行タイトルが変更になる場合がございます。ご了承ください。

5月15日発売

ハーレクイン・シリーズ 5月20日刊

ハーレクイン・ロマンス

愛の激しさを知る

幼子は秘密の世継ぎ	シャロン・ケンドリック／飯塚あい 訳	R-3873
王子が選んだ十年後の花嫁《純潔のシンデレラ》	ジャッキー・アシェンデン／柚野木　菫 訳	R-3874
十万ドルの純潔《伝説の名作選》	ジェニー・ルーカス／中野　恵 訳	R-3875
スペインから来た悪魔《伝説の名作選》	シャンテル・ショー／山本翔子 訳	R-3876

ハーレクイン・イマージュ

ピュアな思いに満たされる

忘れ形見の名に愛をこめて	ブレンダ・ジャクソン／清水由貴子 訳	I-2803
神様からの処方箋《至福の名作選》	キャロル・マリネッリ／大田朋子 訳	I-2804

ハーレクイン・マスターピース

世界に愛された作家たち
～永久不滅の銘作コレクション～

ひそやかな賭《ベティ・ニールズ・コレクション》	ベティ・ニールズ／桃里留加 訳	MP-94

ハーレクイン・プレゼンツ作家シリーズ別冊

魅惑のテーマが光る
極上セレクション

大富豪と淑女	ダイアナ・パーマー／松村和紀子 訳	PB-385

ハーレクイン・スペシャル・アンソロジー

小さな愛のドラマを花束にして…

シンデレラの小さな恋《スター作家傑作選》	ベティ・ニールズ 他／大島ともこ 他 訳	HPA-58

文庫サイズ作品のご案内

◆ハーレクイン文庫・・・・・・・・・・・・・・毎月1日刊行
◆ハーレクインSP文庫・・・・・・・・・・・毎月15日刊行
◆mirabooks・・・・・・・・・・・・・・・・・・毎月15日刊行

※文庫コーナーでお求めください。

Harlequin 45th Anniversary

祝 ハーレクイン日本創刊45周年！

大好評！！

巻末に特別付録付き

～豪華装丁版の特別刊行 第4弾～

ヘレン・ビアンチンの全作品リスト一挙掲載！

著者のエッセイ入り

「純愛を秘めた花嫁」

「一夜の波紋」…ヘレン・ビアンチン

つらい過去のせいで男性不信のティナは、ある事情からギリシア大富豪ニックと名ばかりの結婚をし、愛されぬ妻に。ところが夫婦を演じるうち、彼に片想いをしてしまう。

「プリンスにさらわれて」…キム・ローレンス

教師プルーの自宅に侵入した男の正体は、王子カリムだった！妹が彼女の教え子で、行方不明になり捜索中らしく、彼は傲慢に告げた。「一緒に来なければ、君は後悔する」

「結婚はナポリで」…R・ウインターズ

母が死に際に詳細を明かした実父に会うため、イタリアへ飛んだキャサリン。そこで結婚を望まない絶世の美男、大富豪アレッサンドロと出逢い、報われぬ恋に落ちるが…。

5/20刊

※表紙デザインは変更になる可能性があります

(PS-116)